CHANGEMENT
DE LIGNE

Éditrice : Élizabeth Paré
Infographie : Chantal Landry
Colorisation de la couverture : Francis Pelletier
Révision : Élyse-Andrée Héroux

DISTRIBUTEUR EXCLUSIF :

Pour le Canada et les États-Unis :
MESSAGERIES ADP*
2315, rue de la Province
Longueuil, Québec J4G 1G4
Téléphone : 450-640-1237
Télécopieur : 450-674-6237
Internet : www.messageries-adp.com
*filiale du Groupe Sogides inc.,
filiale de Québecor Média inc.

02-14

Dépôt légal : 2014
Bibliothèque et Archives nationales du
Québec

ISBN 978-2-924025-54-3

Gouvernement du Québec – Programme de crédit
d'impôt pour l'édition de livres – Gestion SODEC –
www.sodec.gouv.qc.ca

L'Éditeur bénéficie du soutien de la Société de déve-
loppement des entreprises culturelles du Québec pour
son programme d'édition.

Conseil des Arts   Canada Council
du Canada   for the Arts

Nous remercions le Conseil des Arts du Canada de l'aide
accordée à notre programme de publication.

Nous reconnaissons l'aide financière du gouvernement
du Canada par l'entremise du Fonds du livre du Canada
pour nos activités d'édition.

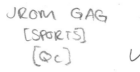

❽

CHANGEMENT DE LIGNE

Hélène Gagnon

EN COLLABORATION AVEC
Réjean Tremblay

ILLUSTRATIONS DE MARTIN ROY

petit homme
Une société de Québecor Média

DANS LA MÊME COLLECTION

C'EST PAS TOUJOURS FACILE!

Mouf faisait les cent pas dans le salon des Villemure. Alex et lui étaient seuls dans la maison. Arrivés depuis peu, Mouf libérait sa colère pendant que son ami, assis sur le divan, l'écoutait en affichant un air attristé.

— Non mais, tu te rends compte! lança Mouf. Ils m'ont foutu dehors pour garder Adam Bouchard!

— C'est plate...

— Plate, tu dis?! C'est ben pire que ça! C'est... c'est... chien, tiens!

— Le coach a dû te dire pourquoi il a choisi Bouchard?

— Bof! Il a dit qu'il a fait un meilleur camp que moi… qu'il s'est présenté à tous les matchs alors que moi, il a dit que des fois j'ai un peu traîné de la patte. C'est pas vrai pantoute!

— Et tu lui as dit quoi, toi?

— Que c'était pas vrai pantoute!

— Il a pas dû aimer ça, dit Alex en faisant la grimace.

— Pis après? De toute façon, je fais pas le AAA!

La sonnette de la porte d'entrée se fit entendre à ce moment.

— Ça doit être Pierre, dit Alex en plaçant une main sur sa marchette pour se lever.

— Laisse faire, je vais y aller, dit Mouf en se dirigeant aussitôt vers la porte d'entrée.

Il l'ouvrit, et Pierre entra.

— Je suis désolé pour toi, dit-il sincèrement en prenant place sur un fauteuil, alors que Mouf restait debout et se remettait à faire les cent pas.

— J'arrive pas à y croire, Pierre! Je le prends pas…

— Je te comprends. Je capoterais, moi aussi, si ça m'était arrivé.

— Ben toi, ça t'arrivera jamais, reprit Mouf. T'es le top des tops!

— Ben là, quand même! fit Pierre. Personne est à l'abri de ça…

— Moi, je pensais que je l'étais, dit Mouf en affichant un air triste. Tu trouves qu'il est meilleur que moi, Bouch? ajouta-t-il en regardant Pierre droit dans les yeux.

— Ben tu sais… j'ai pas eu le temps de vous regarder assez pour juger, commença Pierre, un peu embarrassé. Je faisais mon affaire de mon côté. Mais je vous trouvais pas mal égaux, en général.

— Ouais! Mais c'est pas ce que le coach a pensé.

— Mais tu vas jouer dans le AA quand même, dit Alex. C'est pas rien.

— Mais c'est pas le AAA! T'aimerais ça, toi, à ma place, avoir été retranché?

— J'aimerais ça jouer dans le AA, oui, dit Alex sans aucune hésitation.

Mouf réalisa ce qu'il venait de dire et ce que cela pouvait provoquer comme réaction chez son ami, qui pouvait à peine se déplacer sans aide.

— Je… je… voulais pas dire ça, dit Mouf. Je suis désolé, *man*.

— C'est pas grave. On pense pas tout le temps avant de parler…

— Ouais! fit Mouf. Mettons que ça enlève l'envie de se plaindre…

— Si on parlait de l'école, à la place, proposa Pierre. J'ai assez hâte! J'aurais jamais cru dire ça un jour.

— Moi, je me demande comment ça va être, Études et langues, dit Alex sans enthousiasme. Je suis pas mauvais en anglais, en tout cas. Ça devrait aider.

— C'est sûr! fit Mouf. En plus, continua-t-il en essayant d'adopter un ton plus joyeux, tu vas pouvoir rire de nous autres pis on comprendra rien!

— C'est une bonne idée ça! dit Alex en esquissant un sourire.

— T'essaieras quand même de te garder une p'tite gêne, dit Pierre.

— Ben toi, Pierre, t'aurais peut-être intérêt à parler mieux en anglais.

— Pourquoi?

— Tu veux faire la Ligue nationale, non?

— Ouais. C'est vrai que j'aurai pas le choix si je me rends là.

— Commence donc par faire ton pee-wee AAA, dit Mouf sur un ton un peu bourru.

— Tu m'en veux quand même pas parce que je le fais? s'enquit Pierre.

— Ben non. J'ai jamais douté que tu le ferais. Mais je peux pas croire que je jouerai plus avec toi. C'est trop poche…

* * *

Ce même après-midi, Dic, Brain et Zachary venaient d'arriver en face du cinéma quand Dic aperçut Will un peu plus loin. Les mains dans les poches de sa veste, Will leur sourit et accéléra le pas en les voyant.

— Salut les gars! lança-t-il une fois rendu près d'eux.

— Salut!

— Tu viens voir le film? lui demanda Dic.

— Ouais! J'ai des amis qui l'ont vu et y paraît que c'est hyper drôle.

— Moi aussi, j'ai entendu dire ça, renchérit Brain.

— Je savais pas que t'aimais les comédies! reprit Will.

— Ben… on peut pas toujours être sérieux, déclara Brain en souriant.

— Tu connais Zac? demanda Dic.

— Ouais, fit Will. J'ai pas été longtemps au camp mais j'étais là quand même, tu sais.

— C'est vrai. Désolé, je voulais pas te rappeler ça.

— Bof! Études et musique, ça devrait être correct pour moi. Moi pis ma guite, on est bien ensemble. Pis, je vais apprendre le violon aussi. Ça faisait un bout de temps que ça me tentait, mais avec le hockey c'était trop.

— Ça fait que le hockey te manquera pas trop, d'abord? questionna Dic.

— J'ai pas dit ça. C'est sûr que le hockey va me manquer… pis la gang aussi. Mais j'ai comme pas le choix, hein?

— Mouf est pas mal déprimé, dit Brain. Il l'a pas pris du tout de devoir retourner dans le AA. En plus, c'est Adam Bouchard qui va faire le AAA, pis Mouf l'aime pas trop.

— Ouais, j'ai su ça. Mais je pense pas que Mouf va arrêter, lui. Et vous autres, ça va?

— Super depuis que je sais que je fais l'équipe! fit Dic en souriant.

— Pourquoi? fit Zac. T'avais peur de pas être repêché?

— C'est sûr!

— Si tu t'en es pas aperçu, c'est parce que tu le connais pas encore assez, dit Brain. Il est tellement transparent, Dic!

— Ouais! approuva Will. On pourrait presque voir à travers!

— Je comprends pas pourquoi t'avais peur, reprit Zac. T'es un bon joueur.

— Essaie pas de comprendre, dit Brain. Bon! Avec tout le monde que je vois arriver, si on se dépêche pas d'entrer, avec seulement cent soixante-huit places dans le cinéma, on risque de se retrouver en avant de la salle. Pis en avant de la salle, ça donne presque mal au cœur pis on voit mal.

— Tiens! reprit Dic. Il vient de faire l'analyse détaillée de la situation.

— Faut bien que quelqu'un la fasse, cette analyse! rétorqua Brain. Sinon, on va manquer le film!

* * *

Maude sautillait sur le trottoir, un large sourire traversant son visage épanoui. Tout de suite après la réunion de soccer, elle avait décidé de se rendre chez Suzie pour lui annoncer la bonne nouvelle: elle ferait partie de l'équipe de soccer d'hiver! Quel bonheur! Elle pourrait pratiquer son sport préféré pendant tout l'hiver. Elle avait tellement hâte de dire ça à ses amies. Elle savait que les filles avaient une réunion de *cheerleading*, mais elle était prête à les attendre assise sur les marches du balcon des Lambert s'il le fallait. Pas question qu'elle retourne chez elle sans que les filles soient au courant de ce qui lui arrivait!

Ne voyant pas la voiture de Guy dans l'allée, elle décida de s'asseoir sur les marches, comme elle l'avait prévu. Elle hésita un moment à sonner à la porte, elle avait peur de réveiller Babouchka qui faisait toujours une sieste en après-midi.

Au bout d'une quinzaine de minutes, elle vit enfin le véhicule de Guy qui se garait dans l'allée. Suzie en sortit, le visage long comme si elle venait d'apprendre la pire des nouvelles au monde. Malorie et Véronique la suivaient, l'air tout aussi attristées. Suzie passa près de Maude et lui fit un petit salut à peine audible. Malorie lui lança un regard désolé, alors que Véronique lui faisait signe de les suivre à l'intérieur. Maroussia et Guy leur emboîtèrent le pas sans dire un mot.

— Tu veux que je te fasse un chocolat chaud avec des guimauves? offrit Maroussia à sa fille une fois à l'intérieur.

— Non, répondit-elle. J'ai pas le goût… j'ai le goût de rien…

— Qu'est-ce qui se passe? questionna Maude qui n'en pouvait plus de ne pas savoir.

— Je ne peux plus être voltige! lança Suzie en se mettant à pleurer, tandis que Malorie et Véronique se collaient à elle pour la réconforter.

— Quoi? C'est quoi, cette histoire-là? reprit Maude d'un air stupéfait. T'étais super bonne, pourtant!

— Suzie se retrouve cette année parmi les plus vieilles de son groupe, donc parmi les plus grandes, commença doucement Maroussia. L'an prochain, ça ira, elle va changer de groupe d'âge, mais cette année, elle est trop grande pour les bases qui font partie de son équipe. Ils ont formé deux équipes, mais Suzie est la plus grande dans les deux.

— Ça fait qu'ils veulent qu'elle soit une base? demanda Maude. C'est ça?

— C'est ça, oui, reprit Maroussia alors que Suzie se calmait un peu.

— Je veux pas être une base, dit-elle entre deux reniflements. J'aime trop ça, faire les sauts.

— Qu'est-ce que tu vas faire, d'abord? demanda à nouveau Maude.

— Je sais pas. Je suis plus capable de penser, on dirait.

— Tu vas prendre le temps d'y réfléchir, dit Guy en caressant la tête de sa fille. Je suis sûr que tu vas trouver une solution, Suzon. Pour le moment t'as trop de peine, mais les choses vont s'arranger, tu vas voir.

— Je sais pas comment ça pourrait s'arranger, dit tristement Suzie.

— Pis toi, Maude, commença Véronique en se tournant vers celle-ci. As-tu su si tu vas faire partie de l'équipe de soccer d'hiver?

— Oui, répondit Maude qui n'osait pas exprimer sa joie. Je fais l'équipe…

— Cool ! fit Véronique. Tu dois être contente en crime !?

— Ben… j'suis contente, oui, répondit-elle en osant un petit sourire. Mais ça me fait de la peine pour toi, Suzie, ajouta-t-elle aussitôt.

— Je suis contente pour toi, Maude. Ça peut pas aller mal pour tout le monde…

* * *

Dic se tordait de rire. La poignée de popcorn qu'il s'apprêtait à porter à sa bouche tomba sur lui. Il riait à un point tel que les larmes coulaient de ses yeux qui ne manquaient pas une seule image de ce film hilarant. Le plus drôle qu'il ait jamais vu, en fait. Assis à côté de lui, Brain, Zac et Will riaient aussi. Soudain, l'acteur principal du film, qui se tenait sur une planche à roulette en peinant à garder l'équilibre, rata une courbe et se retrouva dans un champ, se mettant à rouler sur lui-même vers un troupeau de vaches. Il termina ses pirouettes dans une bouse de vache fraîche, alors que l'animal qui venait de soulager ses intestins s'éloignait. L'acteur se re-leva, le visage tout brun. Dic éclata de rire à nouveau. Il n'arrivait plus à contrôler son fou rire. Tellement qu'un employé du cinéma s'approcha pour lui demander de se calmer un peu, car les gens avaient du mal à entendre les répliques des acteurs. Dic leva la tête vers l'employé et se mit à rire de plus belle. Il se leva et le suivit vers la sortie de la salle en pleurant de rire. Au bout de plusieurs minutes, enfin calmé, il retourna s'asseoir pour voir la fin du film. Quand il éclata de rire de nouveau, Brain lui administra un coup de coude et le regarda avec de gros yeux.

À la sortie du cinéma, les gars se retrou-vèrent sur le trottoir, tentant de reprendre leur sérieux. La fin du film était tout aussi hilarante que le reste.

— T'es pas du monde! fit Brain. T'as failli nous faire mettre à la porte du cinéma!

– Mais c'était tellement drôle! J'en pouvais pus! acheva Dic en se remettant à rire.

– On a vu ça, dit Zac en rigolant avec lui. Mais la prochaine fois, je m'assois pas avec toi!

– Ben là les gars, reprit Dic, vous allez quand même pas m'en vouloir d'avoir eu du fun!

– Ben non! fit Brain. À vrai dire, tu me fais tellement penser à l'acteur principal du film. Me semble que c'est le genre d'aventure qui pourrait t'arriver.

– Pas la bouse de vache, au moins? lança Dic en grimaçant avant de se remettre à rire.

C'est à ce moment qu'un homme, l'air très sérieux, s'approcha du petit groupe. Will reconnut aussitôt le collègue de son père, habillé en civil.

– Salut, Gilles!

— Salut William, fit l'homme. Euh… je suis venu te chercher.

— Pourquoi?

— Il est arrivé euh… un accident… à ton père.

— Quoi? fit Will, bouleversé, alors que ses amis affichaient des airs consternés.

— Il est vivant, s'empressa de préciser le policier. Je t'emmène à l'hôpital.

Will suivit Gilles tandis que ses amis les regardaient s'éloigner d'un œil peu assuré.

À l'heure du souper, au téléjournal, ils apprirent qu'un policier avait eu un grave accident de voiture en pourchassant des voleurs. Le policier reposait à l'hôpital, entre la vie et la mort…

LA PORTE NUMÉRO TREIZE...

Pierre descendit de l'autobus scolaire et regarda autour de lui. Le stationnement lui semblait immense. Il n'avait jamais vu autant d'autobus jaunes alignés dans une cour d'école. Des dizaines. Pierre était tellement exalté par la perspective de l'année scolaire qui l'attendait qu'il souriait sans en être conscient.

— Pourquoi tu restes figé sur place? demanda Denis qui venait de descendre de l'autobus à son tour.

— Euh! Je regardais...

— C'est *big*, hein? fit Dic en arrivant près d'eux.

— C'est *big*, répéta Mouf qui le suivait, et c'est ici qu'on se sépare.

— Ben voyons donc! fit Pierre. Dit comme ça, ça fait négatif. On sera pas dans le même groupe… mais on reste amis, pis on va se voir entre les cours.

— O.K., fit Mouf. On va dire ça comme ça, d'abord.

— Parlant de négatif, reprit Denis, ça me fait penser à Will. Ben à son père… Vous avez eu des nouvelles, vous autres?

— J'ai parlé à Will au téléphone hier, répondit Pierre. Son père est toujours dans le coma. Ça fait déjà quatre jours.

— J'espère que son père mourra pas, dit Dic.

— Ben non! fit Pierre. En tout cas, Will espère qu'il va se réveiller bientôt.

— C'est pas évident! lança Mouf. Peut-être qu'il se réveillera jamais. Il paraît que l'auto-patrouille a fait plusieurs tonneaux avant de se ramasser dans le fossé. Ils ont eu de la misère à sortir le père de Will de là.

— Il est chanceux d'être encore vivant, reprit Pierre.

— Si on peut appeler ça vivant, fit Dic.

— Ouais…, fit Pierre d'un air pensif. Bon, on entre, les gars? Moi, j'en peux plus d'attendre, ajouta-t-il en avançant déjà.

Ses amis le suivirent. À la porte d'entrée, Pierre se figea une fois de plus sur place. Dic, qui le suivait de trop près, lui rentra dedans et émit une petite exclamation de surprise. Mais Pierre ne s'en rendit même pas compte. Ses yeux étaient braqués sur la petite pancarte blanche à droite de la porte d'entrée. Dessus, un chiffre était inscrit. Sans doute pour différencier cette porte des nombreuses autres que contenait l'établissement. Pierre sentit une boule lui serrer la gorge. Il était ému. Bouleversé.

— Porte treize! s'exclama Denis en suivant son regard. Comme ton numéro de joueur, Pierre!

— Ouais! fit Mouf. C'est biz, hein?

— C'est un signe, les gars, dit Pierre, ému. Je suis sûr que c'est un signe.

— Un signe de quoi? questionna Mouf.

— Un signe de croix? fit Dic, qui avait mal entendu et n'y comprenait plus rien.

— Ben non! fit Mouf. Pas un signe de croix… un signe de quoi? Il dit que c'est un signe, le numéro treize.

— Ah! O.K.! Je me disais aussi que t'avais pas rapport…

— Les gars, reprit Pierre, je pense que ça veut dire que cette porte-là, elle m'attendait…

— Y est en train de virer fou! décréta Mouf en secouant la tête. Les portes l'attendent, astheure!

— Y a plein de fenêtres dans l'école, dit Denis. Y en a peut-être une qui t'attend aussi.

— Vous êtes cons! rigola Pierre. Arrêtez de rire de moi et entrons!

* * *

Suzie s'assit derrière son pupitre dans l'avant-dernière rangée de la classe. À sa droite, Malorie la regarda et lui sourit avant de tourner la tête pour jeter un coup d'œil à Maude et Véronique, assises dans la rangée derrière elles. Anaïs était installée juste devant Suzie.

— C'est cool qu'on soit dans la même classe! lança Malorie à ses amies.

— Hyper cool! renchérit Véronique.

— Au moins, ici, on est ensemble, dit Suzie, l'air un peu triste.

— Fais pas cette tête-là, reprit Malorie. Ça me vire à l'envers de te voir de même.

— C'est pas toi qui as été mise dehors de l'équipe de *cheer*…

— T'as pas été mise dehors, précisa Maude. Tu peux rester, mais c'est juste que…

— C'est juste que je peux pus faire ce que j'aime! l'interrompit Suzie.

— Ben fais autre chose, d'abord, reprit Maude.

— On dirait qu'y a rien qui te dérange, toi, reprit Suzie.

— C'est pas vrai, pis tu le sais, Suzie Lambert!

— Ouais… je le sais, admit son amie.

— La prof arrive, dit Véronique en voyant une dame entrer dans la classe.

Madame Annette se présenta aux élèves. Elle remplaçait mademoiselle Rose qui prenait soin de sa mère malade et était en congé pour une période indéterminée. Suzie eut une pensée pour cette enseignante qu'elle avait tellement appréciée l'année précédente. Elle espéra que mademoiselle Rose revienne au plus vite, mais elle se dit en même temps que souhaiter cela, c'était presque souhaiter que la maman de mademoiselle Rose meure. Elle ressentit un malaise à cette pensée.

À la récréation, les filles se retrouvèrent dans la cour de l'école. Il faisait particulièrement chaud en ce début du mois de septembre. Un soleil de plomb balayait ses rayons sur le ciel d'un bleu sans taches. Les filles s'installèrent près d'un arbre pour avoir un peu d'ombre. Elles sortirent de leur poche les fruits qu'elles avaient apportés pour leur collation et se mirent à croquer dedans.

— Elle a l'air cool, la remplaçante, dit Malorie entre deux bouchées.

— Oui, mais elle accotera jamais mademoiselle Rose, dit Suzie avec assurance.

— Tu l'aimes donc ben ! dit Maude, un peu moqueuse.

— Tout le monde l'aime. Pis toi aussi, je le sais.

— Ouais ! avoua Maude. C'est biz pareil… Elle est tellement spéciale avec son habillement… ses guenilles toutes sortes de couleurs pis ses cheveux jamais pareils !

— Ses guenilles, répéta Malorie. C'est vrai que son linge est pas comme les autres… mais c'est pas des guenilles, quand même !

— Tu sais ce que je veux dire, dit Maude. Ah ! Marie-So, s'exclama-t-elle en voyant son amie s'approcher d'elle.

– Allo Maude! fit Marie-Soleil en souriant. Allo les filles!

Suzie regarda Marie-Soleil. Maude avait l'air vraiment heureuse de se trouver en sa présence. Après l'histoire du *cheerleading*, ce serait bien le comble que Suzie perde sa grande amie!

– Dommage que tu sois pas dans notre classe, reprit Maude. On aurait eu du fun.

– Ben, je suis dans votre classe, dit Marie-Soleil, celle de madame Annette. Je viens d'aller porter mes affaires pis j'ai vu ton nom sur ton pupitre.

– Ben pourquoi t'étais pas là ce matin d'abord?

– Parce que j'avais un rendez-vous chez le dentiste. Je viens juste d'arriver.

– T'es pas chanceuse, fit Malorie. Moi, j'aime tellement pas ça les dentistes!

— Pourquoi?

— Parce que ça fait mal…

— Ça fait pas mal, dit Marie-Soleil. On est gelées!

— Ben… c'est les piqûres qui font mal, justement.

* * *

Pierre était un peu distrait depuis un moment. Il n'écoutait plus Dominic Boisclair, le prof de français, qui marchait de long en large devant la classe en expliquant son plan de match (c'était les mots qu'il avait choisis) pour la session à venir. Aussitôt qu'il avait prononcé les mots «plan de match», Pierre s'était mis à penser que le premier match de hockey qu'il jouerait dans l'uniforme des Estacades AAA se tiendrait la fin de semaine suivante. L'équipe rencontrerait alors des adversaires de Montréal. Les Grizzlys… AAA, naturellement!

Assis près de lui, Denis avait aussi du mal à se concentrer sur le prof, mais il s'efforçait de suivre ses propos. Devant eux, Brain et Zachary semblaient pendus aux lèvres de monsieur Boisclair. Dic, de son côté, écoutait d'une oreille tout en regardant autour de lui. Il était content que plusieurs de ses amis soient dans sa classe.

— Alors, Pierre, dit soudain l'enseignant, ce programme t'intéresse?

— Euh! fit Pierre en sortant de la lune. Oui… oui… bien sûr.

— Content de l'entendre, reprit le professeur. Tu semblais tellement absorbé par mes propos, ajouta-t-il avec un sourire en coin avant de continuer son discours.

Pierre rougit un peu. Près de lui, Denis retint un rire mais lui donna tout de même un petit coup de poing sur l'avant-bras. Pierre lui rendit son coup et lui fit de gros yeux.

Quand la cloche sonna pour annoncer la fin du cours, tous se levèrent rapidement pour quitter la classe et se rendre à un autre local. Dic avisa ses amis qu'il devait passer par les toilettes. Lorsqu'il en ressortit, les gars avaient disparu. Il regarda autour de lui. Personne. Il ouvrit son cartable et consulta son horaire afin de repérer le numéro du local où il devait se rendre. Local 3080. C'était où, ça? Dic se dirigea vers un long couloir en regardant les numéros sur les portes. Au bout d'un moment, toutes les portes se refermèrent. C'était signe que les cours reprenaient. Dic se mit à avoir chaud. Il continua sa marche, descendit un escalier qui le mena vers la cafétéria. Réalisant qu'il n'était pas du tout dans la bonne direction, il revint sur ses pas, remonta à l'étage et recommença à chercher le local 3080. Il se retrouva alors près du bureau du responsable d'Études et sport et lui mentionna qu'il était perdu. L'homme à l'air sympathique lui sourit et lui proposa de le reconduire à sa salle de cours.

Quand Dic y parvint enfin quelques minutes plus tard, le cours était débuté depuis un

moment déjà et son entrée ne passa pas ina-
perçue. D'autant plus qu'il était rouge comme
la crête d'un coq et s'excusa de son retard au-
près de l'enseignant. Pierre et Denis échan-
gèrent un regard et on entendit un petit rire
retenu. Brain regarda Dic avec un sourire
moqueur.

À la récréation, les gars se retrouvèrent
près de la porte d'entrée numéro treize. Il y
avait là plusieurs bancs qui, de par leur dispo-
sition, formaient des aires où les groupes se
rassemblèrent rapidement. D'un côté, il y avait
l'équipe AAA, pas très loin les AA, à quelques
pas, l'équipe de football, les joueuses de soccer, et ainsi de suite dans la grande salle de
repos où les conversations allaient bon train.
Le bruit généré par toutes ces voix qui s'entre-
mêlaient était étourdissant. Mais personne ne
s'en souciait. Mouf se joignit à ses amis, mais
quand il vit arriver Adam avec les autres élèves
de son groupe, il décida d'aller rejoindre ses
coéquipiers du AA. Après tout, il fallait bien
qu'il apprenne à mieux les connaître. Avait-il
seulement le choix !?

Victoria arriva, ainsi que Joey, Charlie, Fabien, Vincent, Geoffrey et Adam.

— Allo gang! lança-t-elle.

— Vous arrivez tous en même temps, re-marqua Brain. Vous êtes dans le même groupe? questionna-t-il en les regardant les uns après les autres.

— Ouais! fit Vincent. J'étais tellement content de voir que je vais être avec Joey toute l'année!

Joey lui fit un genre de grimace, reconnais-sant là le côté quelque peu sarcastique de Vincent.

— Nous, on est ensemble aussi, précisa Denis en montrant du doigt Pierre, Dic, Brain et Zachary. Vous auriez dû voir la tête de Dic quand il est arrivé au cours! ajouta-t-il en rigolant.

— Pourquoi tu dis ça? demanda Victoria.

— Dic s'est perdu dans l'école! dit Pierre. Ça te surprend?

— Non... pas du tout, reprit Victoria avec un sourire. Si t'existais pas, Dic, faudrait t'inventer!

— On avait un joueur qui ressemblait à ça dans notre équipe de hockey à Shawi, dit Zachary. Hein, Adam?

— Ouais. On l'appelait La Gaffe!

— Ça va faire biz de jouer à Trois-Rivières, reprit Zachary.

— Nos vieux potes vont nous manquer, dit Adam. Surtout La Gaffe!

— T'en fais pas avec ça, dit Brain. Avec Dic, tu vas être servi! Tu vas vite oublier La Gaffe.

— En tout cas, dit Victoria, je suis certaine qu'on va avoir du fun ensemble.

— On va te protéger, dit Adam en relevant fièrement la tête.

— Me protéger de quoi? demanda Victoria en plissant les yeux.

— Ben… sur la glace, je veux dire. On va s'arranger pour que personne te fonce dedans.

— Arrange-toi pour faire ton jeu défensif pis moi je vais m'occuper de mon but. J'ai pas besoin d'un garde du corps, Bouch!

— T'es donc ben facile à frustrer, toi!

— Je suis pas frustrée, reprit Victoria plus calmement. Je veux juste pas que vous me preniez pour une petite fille qui a besoin de vos gros bras pour se défendre. Les gars me font pas peur.

— Moi, en tout cas, je la défendrai pas! lança Geoffrey Allard. Elle a juste à jouer avec les filles si elle se sent pas capable d'affronter les gars!

– C'est quoi ton problème, toi? lui jeta Victoria en fronçant les sourcils.

Geoffrey ne répondit pas. Il tourna les talons pour se diriger vers un autre petit groupe. Victoria et ses coéquipiers restèrent un moment bouche bée, puis reprirent leur conversation, préférant passer outre aux commentaires de Geoffrey. Victoria était tout de même un peu vexée. Ce n'était pas la première fois qu'elle ressentait une certaine antipathie à son endroit de la part de Geoffrey depuis que l'équipe était formée. Il ne s'adressait jamais à elle directement, comme s'il se sentait supérieur. C'était à peine s'il la regardait. Elle n'avait jamais été sur la même patinoire que Geoffrey avant le camp AAA. L'ailier plutôt prolifique vivait à Grand-Mère et avait joué à Shawinigan l'année précédente. La jeune gardienne se dit qu'elle ne s'en laisserait pas imposer. Geoffrey Allard n'allait pas l'intimider! Pas question.

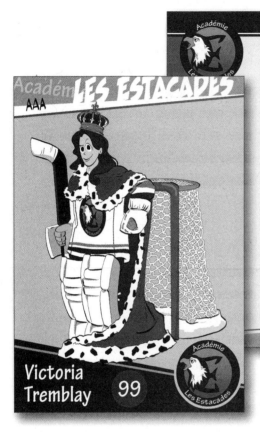

ESTACADES
Trois-Rivières

VICTORIA TREMBLAY

Taille : 160 cm (5 pi 3 po)
Position : gardienne de but
Numéro de chandail : 99

Victoria porte bien son nom : elle aime les victoires ! N'essayez surtout pas de lui marcher sur les pieds… euh ! sur les patins, car vous risquez de le regretter ! Derrière ses airs de biche se cache une tigresse qui ne redoute rien ni personne, et surtout pas un gars.

Sa devise ? Devant le but de Victoria, attendez-vous à manger vos bas !!!

Pee-wee AAA

GROSSES DÉCISIONS

En ce samedi après-midi, Pierre entra dans l'amphithéâtre et se dirigea vers le vestiaire des pee-wee AAA. En passant, il vit du coin de l'œil la porte menant au vestiaire des Estacades midget AAA. Le grand rêve ! Personne, à l'exception des joueurs et du personnel les entourant, ne pouvait y entrer, sauf si on avait la chance d'y être invité pour une raison spéciale. Les plus jeunes joueurs devaient donc se contenter de regarder la porte en rêvant. Pierre sentit l'émotion monter en lui.

Comme cela arrivait souvent, il fut le premier à pénétrer dans la pièce aux murs de béton peints marine et jaune qui rappelaient les couleurs des Estacades. Il jeta un coup d'œil à son chandail de hockey : il éprouvait beaucoup de fierté à la vue du « c » cousu sur le vêtement. Puis il déposa sa poche de hockey par terre et commença à se déshabiller. Joey et Denis s'étaient vu offrir un « A ». Pierre se rappela le moment où Félix Gagnon avait appris à l'équipe comment et pourquoi il avait fait ses choix. Il avait expliqué aux joueurs que pendant tout le camp, il avait regardé leur comportement, leur attitude, leur niveau de motivation et leur performance. Pierre avait excellé en tout, et Félix l'avait désigné comme capitaine devant ses coéquipiers. Pierre avait senti son cœur se serrer dans sa poitrine. Quel merveilleux moment ! Il avait regardé ses coéquipiers un à un en se disant : « Je vais être un bon capitaine. Les gars vont pouvoir compter sur moi. » Assis à quelques mètres de lui, Joey avait eu de la difficulté à cacher sa déception. Déception ou frustration ? Un peu des deux sans doute. Le fait d'être nommé assistant avait toutefois mis un baume sur sa plaie. Un tout petit baume. Il finirait bien par réussir à prouver qu'il était supérieur à Pierre Lambert ! Quant à Denis, se voir offrir le poste d'assistantcapitaine de l'équipe AAA était tout à fait extraordinaire, encore inespéré pour lui quelques mois plus tôt.

Les autres joueurs arrivèrent rapidement au vestiaire. C'était leur premier match de la saison. À domicile en plus! En ce samedi après-midi, ils affronteraient l'équipe des Grizzlys de Montréal, et ils leur rendraient visite à leur tour le lendemain après-midi.

L'atmosphère était survoltée dans le vestiaire des joueurs à moins d'une heure de ce premier match. Dans le vestiaire des arbitres, Victoria était seule en train d'enfiler son uniforme. Elle irait retrouver les gars quand ils auraient enfilé leurs combinaisons et leurs culottes de hockey; Félix viendrait la chercher. Elle se sentait euphorique même si elle savait qu'elle ne serait pas devant le but. Tout en s'habillant, elle pensait à certains de ses nouveaux coéquipiers. Geoffrey lui semblait de plus en plus antipathique avec son air condescendant. Joey se croyait supérieur aux autres, c'était évident, et elle n'appréciait pas ce genre de comportement. Par chance, il y avait les autres qui étaient aimables avec elle. Et Charlie. Charlie sur qui elle pouvait compter pour l'appuyer, malgré sa timidité. Et elle ferait de même pour lui s'il avait besoin de son aide ou si on s'attaquait à lui. Ça n'avait pas toujours été le cas avec les autres gardiens avec qui elle avait fait équipe par le passé, mais il était tellement facile de s'entendre avec Charlie que Victoria était heureuse de porter les mêmes couleurs que lui. Elle avait la certitude qu'ils feraient un bon *team*.

— C'est malade! lança Zachary. J'ai tellement hâte d'embarquer sur la glace!

— T'es pas le seul! renchérit Denis.

— Ça va quand même être un peu spécial, dit Dic. On n'est pas encore habitués à jouer ensemble. J'espère qu'on fera pas trop d'erreurs.

— Ben non! fit Brain. On s'est entraînés pis on va s'habituer vite, j'en suis certain.

— Ben moi, je sais pas si je vais m'habituer à avoir une fille dans le vestiaire, intervint Geoffrey. Ça m'est jamais arrivé pis ça me manquait pas.

— Pourquoi tu t'habituerais pas? fit Zac.

— Me semble qu'on pourra pas se parler comme si on était juste entre gars.

— Je me dis ça, moi aussi! dit Joey.

— C'est vrai que je vais hésiter, moi aussi, à dire des choses devant elle, renchérit Fabien.

— Ben moi, j'étais au camp d'été avec elle, pis on n'a jamais eu de trouble avec Vic, objecta Charlie.

— En tout cas, reprit Joey, elle a besoin de livrer la marchandise devant les buts!

— Me semble que ça manque de solidarité, ce que vous dites, remarqua Pierre. Vic est très forte dans les buts. Vous feriez mieux d'être plus positifs, parce qu'elle est là pour rester.

— Jusqu'à présent, dit Zachary, personne s'est gêné pour dire ce qu'il pense devant Vic. Ça fait que je comprends pas où le problème.

— Ouais! C'est vrai ça, fit Dic.

— Pis moi, j'ajouterais que le capitaine et les assistants doivent être les premiers à donner l'exemple! lança Denis en regardant Joey.

— J'ai rien dit de mal, se défendit ce dernier. Je le sais qu'elle fait partie de l'équipe pis qu'y va falloir faire avec! Mais on a quand même le droit de dire ce qu'on pense!

— T'as raison, dit Pierre. Vous avez le droit de dire ce que vous pensez… mais oubliez pas qu'on est une équipe.

— Eille, Lambert! fit Joey. Tu viendras pas m'apprendre c'est quoi une équipe!

— Ben là, les gars! fit Vincent. Une p'tite bagarre avec ça?

— T'as raison, Vince, dit Pierre en se tournant vers Joey. On n'a pas l'intention de se chicaner ici, hein, Joey?

— C'est sûr que non, répondit Joey en détournant le regard.

À peine quelques secondes plus tard, Félix Gagnon entra dans le vestiaire avec Victoria, toute souriante. Ses jambières sous le bras, elle alla s'asseoir avec ses coéquipiers et termina d'enfiler son équipement. Félix passa un moment avec les joueurs afin de leur expliquer le plan de match et de les motiver davantage, comme si c'était possible. Une fois le coach parti, les hockeyeurs finirent de s'habiller. Ils étaient si fiers d'arborer les couleurs marine, blanc et or qu'ils en oubliaient presque la discussion tendue qu'ils venaient d'avoir. Au centre du chandail, l'aigle semblait terrifiant, prêt à foncer sur quiconque le menacerait.

La porte du vestiaire s'ouvrit sur un nouveau venu. Enoch Pascal entra en affichant un grand sourire. Il souriait tout le temps... ou presque.

— Hé! fit Vincent en se levant pour aller faire une accolade à son ami.

— Salut vieux! dit Enoch en rigolant.

Enoch faisait partie de l'équipe, mais il avait dû se retirer du camp après les premiers retranchements, à la suite d'une vilaine entorse. Selon ce que les entraîneurs avaient vu au cours de la première moitié du camp, ils avaient jugé que le jeune ailier avait le talent nécessaire pour faire l'équipe.

— Quand est-ce que tu reviens? lui demanda Pierre.

— La semaine prochaine, répondit Enoch en souriant à nouveau de toutes ses dents blanches.

— Content d'entendre ça! fit Vincent. Mais pourquoi t'étais pas à l'école ces derniers jours?

— Des rendez-vous à l'hôpital. Mais là, tout est O.K. Ça fait déjà trop longtemps que je suis hors circuit! Bon ben, je veux pas trop vous déconcentrer, ça fait que je vais retourner dans les estrades. Gagnez-nous ça, les gars! ajouta-t-il avant de se diriger vers la sortie du vestiaire.

— Les gars, dit Pierre en se levant, on va gagner. On n'a même pas le droit d'en douter! On est capables!

— C'est notre premier match, renchérit Denis. Faut la commencer en lions, cette saison-là. Faut leur montrer qui on est.

— Un lion, débuta Dic d'un air pensif, c'est-tu plus fort qu'un grizzly?

— C'est une bonne question, ça, dit Zachary. Je me demande bien lequel des deux gagnerait le combat...

– Les deux ont des griffes et des dents meurtrières, commença Brain, mais c'est vrai que la force du grizzly peut lui donner un avantage. En plus, il a la peau beaucoup plus épaisse que le lion, alors c'est plus difficile d'atteindre ses organes vitaux.

– Hé! Les gars! fit Joey. Vous êtes rendus où, là? Au zoo? Je vous rappelle qu'on va embarquer sur la glace dans cinq minutes!

– C'est vrai, renchérit Pierre. C'est pas le temps de faire des analyses qui nous servent à rien présentement.

– Demande pas à Brain de garder ses connaissances pour lui! lança Dic en rigolant.

– C'est bon, les gars, dit Brain. C'est vrai qu'on a manqué un moment de concentration.

– Faut juste pas que ça vous arrive sur la glace! lança Joey d'un air grave.

– C'est vrai, ça, approuva Fabien.

Les joueurs sortirent du vestiaire en formant une longue file. Victoria frappa le bras de Charlie en signe d'encouragement avant qu'il saute sur la glace. Il patina jusqu'à son but. Pierre se rendit sur la patinoire pour disputer la première mise au jeu. Joey avait retenu un commentaire quand le coach avait annoncé que Pierre commencerait la partie. Pourquoi était-ce Lambert qui se retrouvait sur le premier trio? Et au match d'ouverture de la saison en plus! Était-ce parce que les lancers de Pierre avaient été plus précis au dernier entraînement? Joey se demanda s'il devait questionner Félix Gagnon à ce propos, mais il décida d'attendre un peu. Il aurait sans doute été maladroit de mettre en doute la décision du coach dès le premier match.

Pierre gagna la mise au jeu et Denis s'empara de la rondelle. Mais il dut s'en débarrasser bien vite, pourchassé par deux joueurs des Grizzlys qui lui collaient dessus. Il frappa donc la rondelle vers Zachary qui s'échappa en direction du but adverse, surveillant la position de ses coéquipiers du coin de l'œil. Il traversa la ligne bleue et vit une ouverture vers Vincent Lebœuf, un peu plus loin derrière le groupe. Il lança dans sa direction. Vincent avait été un très bon défenseur pour toutes les équipes avec lesquelles il avait joué depuis le niveau atome. Au camp, il avait été égal à lui-même et s'était montré efficace. Il avait un côté pince-sans-rire qui laissait parfois perplexe; on se demandait constamment s'il était sérieux ou s'il blaguait. Dic se posait souvent la question. Pendant le camp, c'était l'excellente performance et la constance de Vincent qu'il avait craints, mais finalement, il s'était montré très content qu'ils trouvent tous les deux leur place au sein de l'équipe. C'est sûr qu'il aurait préféré que ce soit Mouf qui soit choisi, mais dès le début du camp, le jeu défensif de Vincent s'était démarqué et Mouf n'avait pas pu en faire autant.

Vincent donna quelques coups de patin et se départit de la rondelle alors qu'un joueur des Grizzlys se précipitait vers lui. Pierre reçut la rondelle sur le bout de la palette de son bâton. Il la contrôla aussitôt et se retrouva devant le but de Benoît Hamel. Hamel jouait pour l'équipe AAA des Grizzlys pour la deuxième année. Il était reconnu pour être un excellent gardien de but. Son gabarit impressionnait, et l'assurance qu'il affichait intimidait certains joueurs quand venait le temps de le confronter.

Pierre réalisa qu'il aurait du mal à compter. Sa position par rapport au gardien ne lui laissait aucune ouverture pour effectuer un lancer. Du coin de l'œil, il vit Zachary à sa droite et lui fit une passe. Zachary sentit la rondelle cogner la palette de son bâton et frappa sans plus attendre en direction du but. Hamel ne réussit pas à faire l'arrêt.

Les Estacades s'élancèrent les uns vers les autres pour se féliciter mutuellement. Devant son but, Benoît Hamel fit une grimace et émit un son qui ressemblait à un grognement.

— Un vrai grizzly! lança Denis en rigolant.

— Il lui manque juste la fourrure! renchérit Vincent.

Le jeu se dégrada pour les Estacades en milieu de première période. Adam, bien que sa position soit parfaite pour saisir la rondelle d'un joueur adverse qui passait près de lui, fut déjoué sans mal, laissant filer l'adversaire qui s'élança en direction du but de Charlie. Celui-ci manqua l'arrêt. Joey servit un regard chargé de reproche à Adam qui retourna au banc, l'air abattu. Dans les gradins, Carlo baissa la tête un moment. C'était l'égalité !

Il restait quatre minutes à la première période et aucun autre but n'avait été compté. Les Grizzlys et les Estacades semblaient de force égale, le jeu se déroulant autant d'un côté de la patinoire que de l'autre. Ça devenait même un peu monotone à regarder. Dans les gradins, Malorie semblait s'ennuyer à mourir.

— *Wake up, guys*! lança Mouf, assis près d'elle.

Comme si sa requête avait été entendue, Victor Roberge, le capitaine des Grizzlys, arrêta la passe d'un de ses coéquipiers et entama une montée vers le but de Charlie. Il réussit à déjouer tour à tour Fabien, Dic et Adam qui cherchèrent à lui faire obstacle. Une fois rendu à quelques mètres du but, il fit un lancer que Charlie ne parvint pas à stopper.

— Mon *wake up*, c'était pas pour les Grizzlys! soupira Mouf, exaspéré.

— Fallait le dire avant! répliqua Maude d'un air moqueur.

Il lui jeta un regard contrarié.

— C'est vraiment trop nul! lança Suzie. Ils vont quand même pas perdre leur premier match!

— Panique pas! fit Mouf. La première période est même pas finie.

— Ouais, mais c'est quand même 2 à 1 pour les Grizzlys! renchérit Maude.

— C'est plate comme match. J'aurais presque envie de retourner chez nous, dit Suzie avant de soupirer longuement.

— C'est pas si plate que ça, reprit Maude. C'est toi qui file pas depuis que…

— Dis-le pas! l'interrompit Suzie. On parle pas de *cheer* ici!

— Ben pourquoi t'en parles, d'abord? demanda Maude.

— J'en parle pas! J'ai juste dit que je veux pas en parler.

— T'es dure à suivre, dit Malorie en plissant les yeux.

La première période se termina avec un score de 2 à 1 pour les Grizzly.

En deuxième, le jeu sembla plus énergique et les deux équipes comptèrent chacune un point. Joey marqua pour les Estacades et Grégory Jacques pour les Grizzlys. Ce qui mena le compte à 3 à 2 pour les Grizzlys.

— Je vais me chercher des frites, annonça Maude en voyant la Zamboni qui arrivait sur la patinoire. Vous venez?

— O.K., fit Malorie en se levant.

— J'ai pas faim, répondit Suzie.

— Eille, Suzie Lambert! fit Maude en prenant le bras de son amie. Grouille-toi un peu! Y a pas juste le *cheer* dans la vie!

— J'ai dit que je voulais pas en parler! rétorqua Suzie, de mauvaise humeur.

— Ben j'en parlerai pas si tu viens avec nous.

— C'est du chantage.

— Appelle ça comme tu veux, mais viens!

— Fais pas fâcher Mo, dit Mouf d'un air amusé en s'adressant à Suzie. Ce serait pas beau à voir!

— Eille, Antoine Massicotte, fit Maude. T'avais pas une *game*, toi, cet après-midi?

— Juste à cinq heures, répondit Mouf.

— Tu pourrais peut-être aller te préparer tout de suite! suggéra Maude en se tournant pour s'engager dans l'allée devant les sièges.

Suzie lança un air agacé en direction de son amie, qui ne la vit pas, et se leva pour suivre les filles.

* * *

Les joueurs des Estacades se reprirent en troisième période. Félix Gagnon les avait secoués avec un petit discours dans le vestiaire. Joey avait adressé quelques reproches aux défenseurs, mais le coach l'avait aussitôt remis à sa place. «On est ici pour s'encourager les uns les autres, pas pour se démolir», avait-il dit. Dic avait fait un sourire en coin en regardant Joey et le coach lui avait fait de gros yeux. Décidément, il voyait tout, celui-là!

Pierre compta après seulement une minute de jeu en troisième. Une belle échappée devant Hamel qui ne parvint pas à stopper le lancer. Comme il l'avait demandé avant le match, Pierre se vit offrir la rondelle qui représentait son premier but dans le AAA. Il afficha un large sourire en patinant vers l'estrade pour lancer le disque à son père qui l'attrapa d'un air fier.

ESTACADES
Trois-Rivières

PIERRE LAMBERT
Taille : 155 cm (5 pi 1 po)
Position : centre
Numéro de chandail : 13

Les gardiens adverses blêmissent devant leur but à la vue de Pierre qui fonce vers eux avec l'agilité d'un chat et la rapidité d'une fusée. Pour le capitaine des Estacades pee-wee AAA, le hockey n'est pas qu'une passion, c'est une raison de vivre… et de gagner !

Sa devise ? Un pour tous et tous pour un !

Pee-wee AAA

LES ESTACADES
AAA

Pierre
Lambert   13

Trois autres points furent marqués en cette troisième période. Un par Vincent qui décocha un tir précis et puissant de la ligne bleue, un par Fabien qui se mit à sauter sur place tant il était content de marquer son premier point dans l'uniforme de sa nouvelle équipe, et un par un joueur des Grizzlys, le même qui avait compté en deuxième période. Le compte final : 5-4 pour les Estacades, qui laissèrent libre cours aux expressions de joie et aux accolades. Victoria donna un petit coup de poing sur le bras de Charlie en le félicitant pour son beau jeu. Charlie lui rendit son sourire, en espérant qu'il ne se mettrait pas à rougir.

L'APRÈS-MATCH

Les joueurs quittèrent l'aréna et restèrent un moment dans le stationnement pour se saluer.

– On va les avoir chez eux aussi demain! lança Pierre avec détermination.

– En tout cas, commença Dic, j'ai déjà vu des Grizzlys plus impressionnants! C'est sûr qu'on peut les battre encore.

– Vends pas la peau de l'ours avant de l'avoir tué! le prévint Denis en souriant, content de son jeu de mots.

– Vous faites quoi ce soir, les gars? s'enquit Brain.

— Moi je soupe chez mes grands-parents, dit Denis.

— Moi, je vais chez Will, dit Pierre. Je lui ai téléphoné hier, et il a dit qu'il aimerait ça me voir. Ça fait six jours aujourd'hui que son père est dans le coma.

— On pourrait y aller toute la gang! proposa Dic.

— Non. Je pense que Will a pas envie de voir trop de monde en même temps. Mais il m'a dit de vous saluer.

— C'est tellement malade, cette affaire-là, soupira Zachary. J'ose même pas imaginer ce que ça me ferait si ça arrivait à mon père.

— On capoterait tous, je pense, reprit Pierre en pensant à Guy.

— Moi, je suis tout seul chez moi, dit Charlie. Mes parents vont au resto et Malou va chez toi, Pierre. Tu veux venir me trouver après souper? proposa-t-il à Brain. Pis vous autres aussi, les gars, ajouta-t-il en s'adressant au petit groupe. Ça vous tente?

— Ouais! fit Brain. On pourrait écouter le match de hockey.

— Moi, j'aurai pas de *lift* pour retourner à Shawi, fit Zac.

— Moi non plus, renchérit Adam.

— Même chose pour moi à Grand-Mère! fit Geoffrey.

— Ben moi, ça me tente, dit Dic.

— Moi, je vais écouter le match chez nous ben relaxe, dit Joey. Faut se reposer; on joue à l'extérieur demain!

— Ben oui! fit Vincent. C'est tellement fatigant, écouter un match de hockey à la télé!

— À demain, les gars! lança Victoria qui sortait de l'aréna.

Ses coéquipiers la saluèrent alors qu'elle montait dans le véhicule de son père. Charlie aurait bien aimé l'inviter chez lui avec les autres, mais il n'osait pas.

— C'est elle qui va goaler demain, dit-il à ses amis.

— Ah! ouais…, fit Geoffrey sans enthousiasme. Ben hâte de voir ça.

Thomas Giguère, l'entraîneur des gardiens de but, avait annoncé sa décision à ses gardiens après le match. Pendant un certain temps, il alternerait entre Victoria et Charlie afin de donner autant de temps de glace à l'un qu'à l'autre.

* * *

Véronique sautilla jusqu'à ce qu'elle atteigne ses amies dans les balançoires du parc.

— Les gars peuvent ben l'appeler la saute-relle! fit Maude en la voyant venir.

— Allo les filles! fit Véronique en arrivant à leur hauteur. Pis, c'était comment le match de hockey?

— Les Estacades ont gagné 5-4, répondit Suzie.

— Cool!

— Pis toi, t'as fait quoi, cet après-midi? demanda Malorie.

— Ben... je suis allée voir une compé de gymnastique.

— Ta sœur? fit Suzie.

— Oui. Elle a eu la médaille d'argent! Sa troisième! Mais pas encore une d'or par exemple.

— Ben... c'est déjà super bon, une médaille d'argent! dit Suzie.

— T'a pas toujours dit ça, rétorqua Maude. Je me souviens au *cheer*…

— Parlant de *cheer*, as-tu pris ta décision, Suzie ? lui demanda Véronique, le regard rempli de curiosité.

— Oui, répondit Suzie. Je l'ai dit aux filles tantôt. Je lâche le *cheer*, moi aussi.

— Il va rester juste nous deux, dit Malorie à Véronique.

— Ben, pas juste nous deux, précisa Véronique. On est vingt dans l'équipe, quand même !

— Tu sais ce que je veux dire.

* * *

Malorie était invitée à souper et à passer la nuit chez les Lambert ce soir-là. Maude avait décliné l'invitation puisqu'elle devait partir tôt le lendemain matin pour aller jouer un match de soccer à Québec.

Quand tout le monde se retrouva à table, Suzie regarda sa grand-mère et sourit en voyant qu'elle avait couvert ses épaules avec le châle qu'elle lui avait offert pour son anniversaire, quelques jours plus tôt. Elle était tellement fière de l'avoir choisi elle-même.

— Il paraît que tu as joué un bon match, Pierrot! lança Babouchka entre deux bouchées.

— Oui, merci, fit Pierre en souriant.

— C'est un grand honneur d'avoir été nommé capitaine, reprit son aïeule. Je suis fière de toi.

— Un grand honneur, répéta Guy, mais aussi une grande responsabilité.

— Je sais, dit Pierre. C'est pas la première fois que je suis capitaine.

— C'est vrai. Mais dans chaque équipe, il y a des défis différents.

— Ça c'est sûr… On devrait faire une bonne équipe, dit le garçon. Quoique… y a une couple de gars qui ont l'air un peu spécial.

— Ah? fit son père d'un air interrogateur.

— Je sais pas trop encore, mais me semble qu'on a pas mal de travail à faire pour avoir un vrai esprit d'équipe. Ça fait que je me demande comment ça va virer.

— Surveille ça, Pierre. Fais ton travail de capitaine pour rassembler l'équipe. Et si tu sens que ça te dépasse, parles-en aux coachs. Mais ne t'en fais pas trop pour le moment. Vous avez seulement un match de joué.

— Ouais! On verra. Pis j'ai hâte à demain! ajouta-t-il, l'air soudainement rayonnant.

— T'es chanceux! lança Suzie. Moi, je sais ben pas ce que je vais faire comme activité. Je m'attendais tellement pas à arrêter le *cheer*…

— T'étais pas obligée, dit son frère.

— Presque. C'est les sauts qui me faisaient tripper. En tout cas, je réfléchis. Je vais sûrement trouver autre chose à faire.

— Ça, c'est certain, ma chérie, approuva Maroussia.

— Je sais juste pas quoi! ajouta Suzie d'un air pensif.

Après le souper, toute la famille se retrouva au salon pour regarder le match de hockey opposant le National de Québec aux Memorials de Washington. Tous sauf Pierre, qui venait d'arriver devant la maison où habitaient Will et sa mère. Pierre resta un moment sur le trottoir, sans bouger. Il ne savait pas trop comment aborder Will, mais il savait que celui-ci avait envie de voir un ami. Il le lui avait dit au téléphone.

* * *

Malorie suivit Suzie dans sa chambre. Elles préparèrent le lit gonflable sur lequel Malorie dormirait, et les deux filles s'assirent sur leurs matelas respectifs.

— Je me demande si Maude va encore dormir avec nous des fois, dit Malorie d'un air pensif. Avec son soccer, elle a des couvre-feux, quand elle est pas dans une autre ville pour jouer.

— Ouais! fit Suzie. Ce serait plate qu'on ne soit plus amies comme avant.

— Tu penses que ça se peut?

— Ben, je sais pas. Mais elle est de plus en plus souvent avec Marie-Soleil Rivière. On dirait qu'on n'existe plus!

— T'exagères un peu, quand même. Maude, elle est encore notre amie, pis elle est avec nous autres souvent.

— Ben moi, je trouve ça poche que ce soit plus comme avant, quand on était toutes les trois au *cheer* et qu'on était tout le temps ensemble. Des fois on couchait ici, des fois chez Maude et des fois chez toi. C'était l'fun !

— C'est vrai, approuva Malorie d'un air triste.

— Ce sera peut-être plus jamais comme avant, déclara Suzie.

Elle resta silencieuse un moment.

— Bon ! fit-elle enfin, t'as envie qu'on joue à un jeu ?

— À quoi ?

— Je sais pas… À la bataille ?

— O.K., fit Malorie.

Suzie ouvrit le tiroir de sa table de chevet et en sortit un jeu de cartes.

* * *

Pierre suivit Will dans le sous-sol. Il s'assit sur son lit alors que son invité prenait place sur un fauteuil placé en angle dans un coin de la pièce. Pierre remarqua les quatre guitares dont une électrique et réalisa à quel point Will aimait la musique. Il jeta un regard autour de lui, ne sachant pas trop comment aborder son ami. Il lui arrivait tellement de malheurs ces derniers temps!

— C'est cool de m'avoir téléphoné, dit Will. Je voulais voir personne… mais je pense que ça me fait du bien de pas être seul finalement.

— Ton père… pas de nouveau?

— Non. Ça fait six jours aujourd'hui, précisa Will d'une voix affreusement triste. Je m'en veux tellement!

— Pourquoi? s'étonna Pierre.

— Parce que j'ai pas été correct avec lui! s'écria Will alors que les larmes lui montaient aux yeux. J'étais fâché après lui parce qu'il était parti… parce qu'il avait une blonde… parce qu'il faisait de la peine à ma mère… parce qu'il me manquait, acheva-t-il en se mettant à sangloter. Pis là, il va peut-être mourir et j'aurai même pas pu lui dire que je suis plus fâché pis que je l'aime!

Pierre sentit une boule lui monter dans la gorge et réalisa la chance qu'il avait. Ce que vivait Will était si intense! À sa place, lui aussi aurait été dans tous ses états. Pierre ne savait plus trop quoi faire, mais il sentait qu'il devait démontrer à Will son soutien. Il se leva, alla s'asseoir près de son ami et posa une main sur son épaule. Will tendit le bras pour prendre un mouchoir et essuya ses larmes en prenant de longues inspirations.

— Faut pas qu'il meure, Pierre… Et là, ça commence à être long.

— Les médecins, ils disent quoi?

— Ils savent pas. Il peut se réveiller n'importe quand… ou jamais. Ma mère aussi est en train de capoter. Elle va à l'hôpital… Après tout, ça fait pas longtemps qu'ils sont pus ensemble, elle est triste elle aussi. Elle a même parlé à l'autre… fille. Elles s'arrangent pour pas être là en même temps. C'est tellement ridicule comme situation!

— Ouais, c'est sûr que c'est pas évident, dit Pierre qui n'arrivait pas à imaginer ses parents dans une situation semblable.

— Non, vraiment pas. Pis moi ben… je sais pas trop quoi faire ni quoi dire pour consoler ma mère. Ça fait que je reste dans ma chambre pis je joue de la guite. Je sors juste pour aller à l'hôpital. Je suis même pas allé à l'école pour la rentrée.

— Tu devrais venir lundi. C'est tellement hot comme école! Ça te ferait voir du monde. Pis tu pourrais faire de la musique là aussi, et au moins t'en ferais pas tout seul.

— Ouais, fit Will, c'est sûr… Bon! C'est samedi… J'ai pas oublié le jour qu'on est quand même. Et toi, tu dois mourir d'envie de voir le match à la télé ?

— Ben… c'est pas grave si on le manque, dit Pierre qui ne pensait pas réellement ce qu'il disait, mais qui était conscient que la douleur de son ami était plus importante qu'un match de hockey.

— Ben non, reprit Will en se levant pour allumer le téléviseur qui était placé devant son lit.

CONFLITS DANS L'AIR

10h45. La cloche annonçant la récréation venait de sonner et tout le monde se dirigeait vers les aires de repos ou la cafétéria. Comme d'habitude, les étudiants se regroupaient selon leurs différents programmes académiques. Le petit groupe du AAA se tenait près de ce qui était en train de devenir « ses bancs ». Certains étaient assis, d'autres debout. Will s'approcha d'eux.

— Hé! Will! fit Dic en souriant. Comment tu vas, *man*?

— Ben… pas trop mal. Ça pourrait aller mieux.

— Ouais, c'est sûr. Pis… ton père?

— Rien de neuf. On attend.

— Désolé, dit Charlie. Mais c'est cool que tu sois revenu à l'école.

— C'est tellement *big* ici! fit Will. Juste trouver les locaux, ça garde l'esprit occupé!

— Parles-en à Dic! lança Denis en rigolant. Il s'est perdu la première journée!

— Il a failli se perdre encore tantôt! lança Victoria d'un air amusé. Par chance que j'étais là!

— Je faisais semblant, déclara Dic en relevant la tête bien haut comme pour se donner de la crédibilité. C'était juste pour que tu te sentes utile.

— Oh! fit-elle en riant. Elle est bonne, celle-là! La prochaine fois, je te laisse te perdre.

— Mais vous savez pas la plus drôle!? lança Pierre. Vous savez qui est le prof de maths de Mouf? Vic... dis-le pas.

— Non, répondirent Dic et Brain.

— Monsieur Lamarre! Celui qui était au primaire. Vous vous rappelez comme Mouf avait eu l'air fou en riant de lui! Il était planté derrière Mouf qui l'avait pas vu venir!

— Pas vrai!? fit Dic. Trop drôle! Je me demande si le prof l'a reconnu.

— C'est sûr! fit Brain. Comment veux-tu oublier Mouf!

— Ça promet pour les cours de maths! lança Denis d'un air amusé.

— Comment ç'a été, votre match à Montréal hier? s'informa Will.

— On a gagné! lança fièrement Victoria.

— Ouais, mais ç'a passé proche qu'on perde! ajouta Joey. On a accordé quatre buts, précisa-t-il sur un ton de reproche.

Victoria le foudroya du regard, mais Joey fit semblant de ne rien voir.

— C'est toi qui étais devant les buts? reprit Will.

— Oui! fit-elle en souriant. C'est moi qui ai arrêté dix-sept lancers!

— Cool! dit Will. Deux en deux, c'est bien parti votre affaire!

— Et on a bien l'intention que ça continue, renchérit-elle.

— C'est sûr! fit Denis. Pis en fin de semaine prochaine, on s'en va jouer à Saguenay samedi et dimanche.

— Ça va être tellement cool! s'exclama Dic.

— Content pour vous autres, dit Will sans grand enthousiasme.

— Euh… je voulais pas en mettre trop, reprit Dic. Je… je…

— Ben non! fit Will en esquissant un demi-sourire. J'ai mon premier cours de musique cet après-midi et je sais que je vais aimer ça. En tout cas, je l'espère. Pis de toute façon, j'ai vraiment pas la tête à jouer au hockey ces temps-ci. Mais euh… vous autres, dans quel coin vous vous assoyez à la café pour le lunch? ajouta-t-il juste avant que la cloche sonne la fin de la récréation.

— On revient ici, répondit Pierre. Mais on prendra pas beaucoup de temps parce qu'il faut être sur la glace pour une heure.

— Ben je viendrai vous trouver, dit Will.

C'est alors qu'un homme s'approcha de lui. Il l'avait vu le matin même en se présentant au bureau du responsable de son programme académique.

— William, dit-il d'une voix calme.

— Oui?

— Tu peux me suivre, s'il te plaît?

Will regarda ses amis et sentit son cœur faire un tour dans sa poitrine. Sans dire un mot, il fit un signe affirmatif de la tête et suivit l'homme. Tout le monde regagna les salles de classe en se demandant pourquoi on était venu chercher Will. Tout le monde redoutait la réponse à cette question…

* * *

L'heure du lunch était déjà terminée. L'équipe AAA se retrouva dans un vestiaire pour enfiler l'équipement d'entraînement. Dic avait facilement trouvé le chemin de la patinoire… en suivant les autres. Victoria arriva quelques minutes après que les gars eurent enfilé leurs combinaisons de jeu. Elle était déjà tout habillée, il ne lui restait qu'à mettre ses jambières et ses patins.

— J'arrive pas à croire que je suis ici! lança Adam avec un sourire en enfilant son chandail d'entraînement.

— Tu veux que je te le prouve? proposa Dic à la blague en lui montrant son poing.

— Ça va aller, fit Adam. Je vais me faire poser des broches dans la bouche la semaine prochaine, ça fait que c'est pas le temps de me casser les dents!

— Pourquoi tu spécifies « dans la bouche »? questionna Brain d'un air moqueur. On sait bien que tu vas pas te les faire poser dans les yeux, tes broches!

— Il va se payer un p'tit sourire de la mort! dit Denis en riant.

— C'est plutôt mes parents qui vont payer la facture. Mais ça va être bien pire pour moi!

Pas de gomme à mâcher, pas de pop-corn, pas d'ailes de poulet, pas de caramels…

— L'enfer! rigola Brain.

— Je me demande ce qu'on peut ressentir avec une bouche de fer, dit Zac.

— T'as juste à t'en faire poser, des broches! fit Pierre. Comme ça, tu le sauras!

— Mes dents sont droites, rétorqua Zac en ouvrant bien grand la bouche pour montrer sa dentition.

— Dommage pour toi! dit Vincent.

— Franchement! fit Dic. Qui aurait envie de porter des broches?

— Il niaise! dit Pierre. Tu devrais commencer à connaître Vince! Il reste tout le temps sérieux quand il blague.

— Ouais! C'est vrai, confirma Dic.

— En tout cas, reprit Adam, en attendant, je vais bouffer tout ce que je peux!

— Tant que tu bouffes pas la rondelle! lança Denis.

— Parlant de rondelle, dit Joey qui n'avait pas parlé jusque-là, ce serait l'fun que la défense la contrôle mieux en fin de semaine à Saguenay…

— Pourquoi tu dis ça? s'enquit Zac, un peu froissé.

— C'est à Félix de juger du travail des joueurs, dit Pierre calmement.

— Mais on n'est quand même pas aveugles! rétorqua Joey. Moi, je donne mon max à chaque *game*!

— Pis c'est ben correct, Joey, ajouta le capitaine. Faut que tout le monde donne son maximum. Pis si y en a un qui est plus faible sur une situation de jeu, ben faut que les autres le couvrent. C'est ça, une équipe!

— Bien dit! fit Charlie.

— T'es en plein sur la coche! fit Victoria en souriant à Pierre.

— C'est ça que je voulais dire aussi, se reprit Joey en voyant qu'il n'avait pas la popularité. Une équipe, ça se tient!

— C'est cool qu'on soit tous du même avis…, lança Vincent d'une voix un peu sarcastique en laçant un de ses patins.

Près de lui, Fabien avait suivi la conversation sans dire un mot. Il avait joué sur le même trio que Joey au cours de la fin de semaine, et c'était loin d'être la première fois; ils jouaient au hockey ensemble depuis leurs tout débuts, à Bécancour. Et même si Fabien trouvait Joey un peu grognon, il appréciait la justesse de son jeu et il s'était habitué depuis longtemps à l'humeur de son ancien capitaine.

Félix Gagnon et Thomas Giguère attendaient les joueurs sur la patinoire. Ils venaient de vider deux chaudières de rondelles sur la glace. Félix fit signe aux joueurs de faire des tours de patinoire. En même temps, Thomas et lui leur lançaient des rondelles quand ils passaient devant eux. Cet exercice dura quelques minutes, puis Félix indiqua aux hockeyeurs de venir le retrouver près d'un tableau blanc dont il se servit pour expliquer le prochain exercice.

Après une heure et demie à se démener sur la glace, les hockeyeurs regagnèrent leur vestiaire.

— C'est tellement *hot* d'être sur une patinoire en plein lundi après-midi! lança Pierre d'un air ravi.

— Me semble que tu l'as dit, tantôt, souligna Dic.

— C'est pas grave! Ça me dérange pas de me répéter!

— Moi aussi, je trouve ça *hot*, renchérit Denis.

— Toi, déjà d'être dans le AAA, tu dois trouver ça *hot*! le piqua Joey.

— Pourquoi tu dis ça? demanda Denis.

— Ben, au début de l'année passée, t'étais dans le A! Pis là, tu te retrouves ici.

— J'ai gagné ma place, reprit Denis qui ne savait plus trop s'il s'agissait d'une attaque ou d'une simple constatation de la part de Joey.

— J'ai pas dit le contraire, dit-il en continuant de délacer ses patins.

— Chacun a fait sa place ici, intervint Pierre, et chacun peut en être fier.

— Ça c'est vrai! approuva Adam avec un large sourire. Pis dans mon cas, j'ai *rushé* jusqu'au bout!

— C'était évident que t'étais meilleur qu'Antoine Massicotte! lança Joey d'un air assuré.

– Pas tant que ça! rétorqua Dic aussitôt. Ben... je veux pas dire que t'es moins bon que Mouf, ajouta-t-il en s'adressant à Adam. Non, c'est pas ça, mais...

– Mais quoi? questionna Adam.

– Mais... Mouf, il était bon, lui aussi. Pis c'est mon ami.

– Ça fait qu'Adam, c'est pas ton ami! conclut Joey, un peu sarcastique.

– C'est pas ça qu'il a dit, commença Brain qui connaissait suffisamment Dic pour savoir ce qu'il voulait dire. Mouf, c'est notre ami, et Dic a pas aimé ce que Joey a dit de lui. Mouf est un bon joueur pis Adam aussi. On a juste pas le goût d'entendre parler en mal d'un pote. C'est ça que tu voulais dire, Dic?

– En plein ça! fit ce dernier en souriant.

– Bon! fit Geoffrey. On va quand même pas parler de Massicotte pendant une heure!

— On devrait plutôt parler de la fin de semaine qui s'en vient, dit Brain. Me semble que ce serait plus cool que de comparer les joueurs.

— T'as raison, approuva Pierre. Ça va être une grosse fin de semaine! Nos deux premières rencontres contre Saguenay! Il paraît qu'ils sont forts, surtout à l'attaque.

— S'ils sont aussi forts que les Grizzlys, dit Vincent, y a pas de quoi s'énerver…

— Les Grizzlys sont bons, dit Denis. On a mieux joué qu'eux autres, mais ça veut pas dire qu'il faut les sous-estimer.

— Denis a raison, l'appuya Pierre. Il faut jamais sous-estimer ses adversaires.

— En tout cas, dit Dic, moi, je trouve ça capotant de passer la fin de semaine à Saguenay. Pis à l'hôtel en plus!

— Pis de bouffer à volonté dans les buffets, hein, Dic? fit Denis d'un air moqueur.

— Ça, c'est évident! lança Dic.

— J'ai ben hâte de me retrouver sur la glace avec les Ducs, ajouta Denis.

— Les Ducs! répéta Joey. C'est pas un nom pour une équipe de hockey, ça! Ça ressemble plus à une affaire de château pis de roi!

— Je sais pas si y'a de la place dans le château pour le roi de la critique!? lança Vincent, de son air sérieux.

— C'est de moi que tu parles? s'enquit Joey.

— Ben non, voyons! fit Vincent. Jamais je penserais ça de toi, mon pote!

— Le mot duc, enchaîna Brain, au cas où tu le saurais pas, Joey, ça vient d'un mot latin pis ça veut dire meneur… chef. Ça fait que ça peut être un bon nom d'équipe, à mon avis.

— T'es trop *hot*, Brain! lança Dic en rigolant.

— Pis j'ajouterais que c'est sous l'Empire romain que sont apparus les premiers ducs. C'était les commandants de l'armée.

— Je savais tout ça! rétorqua Joey, et plusieurs de ses coéquipiers se tournèrent vers lui, incrédules.

— Ben oui…, fit Vincent. On n'en doute même pas…

— T'es trop *hot*, Brain!! rigola Dic.

Brain lui sourit.

— On s'en fout, des ducs de Rome ou des Ducs de Saguenay! en remit Joey qui se sentait attaqué. L'important, c'est de gagner en fin de semaine!

— C'est sûr que ce serait génial d'aller chercher deux victoires à l'extérieur, dit Fabien. T'as raison, Joey, c'est ça qui compte.

Joey lui sourit avant d'enlever sa combinaison pour se diriger vers la douche. Comme toujours, Fabien appuyait ce qu'il disait. C'était un bon allié !

DIC LA GAFFE!

Dic retrouva ses amis à la cafétéria. Il s'assit à la table en affichant une mine désolée.

— J'ai oublié mon lunch! geignit-il en grimaçant. Pis j'ai pas une cenne!

— J'ai deux piastres, dit Brain en mettant la main dans sa poche.

— Pis moi, j'en ai une, dit Charlie.

— Moi aussi, dit Pierre.

— On ferait aussi bien de tous fouiller dans nos poches, dit Denis de son air moqueur, parce que Dic, avec son appétit, il ira pas loin avec quatre piastres!

— Tu peux le dire! lança Victoria. Il a pas de fond!

— Comment ça se fait que t'as oublié ton lunch? questionna Zachary.

— Ben… j'étais tellement pressé ce matin que j'y ai pas pensé.

— Tu dois faire de la fièvre! lança Denis. Oublier de manger, toi!

— Ben là, je meurs de faim! fit Dic en prenant l'argent que ses amis lui tendaient.

Il se dirigea ensuite vers le comptoir de la cafétéria.

— Il est vraiment dans la lune, ce gars-là, fit Victoria. Il me fait tellement rire!

— Dic la Gaffe! lança Adam. C'est mon pote!

— Changement de sujet, dit Charlie, avez-vous eu des nouvelles de Will depuis hier?

— Non, répondirent les gars.

— Et il était pas au cours de français à matin, ajouta Brain.

— Ça fait que personne a de nouvelles ? répéta Charlie.

— J'ai téléphoné chez lui hier soir, mais personne a répondu, dit Pierre.

— J'espère que son père est pas mort, dit Charlie, inquiet.

— Allo les gars ! lança Mouf.

Il venait se joindre à eux après avoir lunché. Il s'était levé aussitôt qu'il avait vu Adam quitter la table des AAA.

— Allo Mouf ! fit Pierre. Ça va ?

— Ouais ! Pas mal… Eille, vous devez capoter ! Deux victoires en fin de semaine !

— C'était cool, oui, reprit Pierre. Pis vous autres?

— On en a gagné une sur deux. Vous avez su pour le père de Will?

— Non, dit Pierre. On se posait justement la question.

— Pendant que je dînais, y a un gars qui a dit que le père de Will s'est réveillé hier. Il l'avait entendu dire, mais il était pas sûr.

— Ah! ouais! fit Pierre en affichant un sourire. Ce serait génial, ça!

— Will doit capoter si c'est vrai! lança Victoria.

— Je vais lui téléphoner après l'école, dit Pierre. Pis toi, Mouf, ça va avec monsieur Lamarre?

— J'ai failli fondre sur ma chaise quand je l'ai vu entrer dans la classe le premier jour. Il m'a reconnu, en plus!

— Tu lui as pas sorti de *jokes* à propos de son nom? demanda Denis.

— Es-tu malade!? Une fois c'était ben assez!

— Ben moi, je le trouve pas si mal, dit Victoria. C'est vrai que c'est pas le prof le plus dynamique que j'ai vu, mais bon, au moins ses explications sont claires.

— Pis on surveille Mouf pour pas qu'il s'endorme pendant les cours, ajouta Charlie.

— Bah! fit Mouf. C'est quand même pas un somnifère! Pis toi, Dic, c'est quoi ta dernière gaffe?

— Euh… ben rien de spécial.

— Il a oublié son lunch ce midi! lança Denis. Mais c'est quand même moins pire que de s'être perdu dans l'école, comme la semaine passée!

— C'est pas une gaffe, ça, oublier son lunch, se défendit Dic. C'est un oubli, c'est tout!

— Oui, mais quand on s'appelle Jérôme Dicaire et que manger est aussi important que respirer, ça devient une gaffe! dit Brain.

— Arrêtez donc! fit Dic en haussant les épaules. Mais Mouf, y a quand même quelque chose que j'ai dit aux gars ce matin et qui est super cool.

— Quoi?

— Tu sais, le combat d'Alex Boutin... ben ma mère m'a téléphoné hier soir, pis elle va venir avec moi.

— Ah ouais? C'est cool, *man*. C'est quand déjà?

— Dans deux semaines. Pis ma mère, ben, elle a une nouvelle à m'apprendre, y paraît. Elle a pas voulu me dire quoi.

— Ça, c'est moins cool..., reprit Mouf.

– Elle est comme ça, ma mère. Elle aime faire des surprises. On s'habitue…

– Ben moi, j'aurais de la misère avec ça, dit Zac.

ESTACADES
Trois-Rivières

ZACHARY FORTIN

Taille : 160 cm (5 pi 3 po)
Position : ailier
Numéro de chandail : 12

Bon joueur d'équipe, Zachary est vif, rapide et habile pour déjouer l'adversaire. Avec lui, on ne tourne pas autour du pot. Il faut le voir poser mille et une questions lorsque le coach fait l'analyse d'un match… Un vrai point d'interrogation sur pattes… ou sur lames !

Sa devise ? Plus on questionne, moins on taponne et plus c'est l'fun !

Pee-wee AAA

LES ESTACADES
AAA

Zachary
Fortin   12

— T'es tellement curieux, toi, dit Dic. Tu veux tout le temps tout savoir pis tout comprendre.

— Une vraie belette! rigola Victoria.

— Une belette, ça pourrait aussi ressembler à Dic, dit Brain. Ça peut pas rester plusieurs heures sans manger, sinon ça risque de mourir!

— C'est ce qui serait arrivé à Dic si on lui avait pas prêté d'argent ce midi! lança Denis. C'est sûr!

— Vous devriez pas me prêter l'argent, dit Dic, vous devriez me le donner, pour le plaisir que vous prenez à vous moquer de moi! Je vous donne un *show*, ça se paye, ça, non?!

— T'inquiète pas pour moi, dit Joey en se levant avec son cabaret. J'ai pas envie de rire de toi. Moi, je vais me préparer pour le hors-glace.

Puis il s'éloigna de la table.

— Ce serait difficile d'imaginer qu'il puisse rire de quelque chose, lui, dit Geoffrey en regardant son coéquipier sortir de la cafétéria.

— C'est beau, les gars! fit Pierre. Joey a son caractère comme tout le monde. Mais c'est un super hockeyeur. Pis c'est pas le temps de diviser l'équipe.

— T'as raison, reprit Geoffrey. C'était pas mon intention… juste une remarque en passant. Moi aussi, je vais me préparer, ajouta-t-il en se levant.

Une demi-heure plus tard, toute l'équipe des AAA entrait dans une partie du gymnase séparée du reste de l'immense salle par un long rideau, tendu du plafond au plancher. Décidément, tout était gros dans cet édifice! Les gars et Victoria portaient leurs « *gold* », ces shorts de sport couleur or que seuls les étudiants de l'Académie pouvaient se procurer. C'était d'ailleurs une fierté de s'afficher avec ce vêtement. Le «*gold*» et le t-shirt portant le logo de l'équipe de hockey. L'enseignant arriva, et une course à obstacles débuta pour les joueurs.

LA VIE CONTINUE...

Will entra dans la chambre d'hôpital avec sa mère. Ils avaient droit à une visite de cinq minutes seulement afin de laisser Michel se reposer, et de permettre au personnel médical de lui faire passer des examens et de lui prodiguer des soins. La veille, quand Will avait quitté l'école, sa mère l'attendait au secrétariat. C'est là qu'elle lui avait appris que son père avait repris conscience. Le garçon avait soupiré longuement. Il lui avait semblé qu'un poids énorme se soulevait de ses épaules. À l'hôpital, il avait pu voir son père pendant quelques minutes. Celui-ci l'avait regardé un moment, l'air confus, et avait finalement refermé les yeux.

— Il va pas retourner dans le coma! avait lancé Will à sa mère.

— Non, avait-elle répondu. Mais il est faible. C'est un gros effort pour lui de revenir parmi nous. Pour le moment, il n'est même pas capable de parler. Le médecin a dit que c'est normal.

— Mais il n'a même pas l'air de me reconnaître! avait ajouté son fils, affolé.

— Moi non plus, à vrai dire, avait dit sa mère.

— Tout d'un coup qu'il a perdu la mémoire et qu'il nous reconnaît jamais?!

— Pense pas des choses comme ça.

Will avait de nouveau regardé son père et son cœur s'était serré dans sa poitrine. Il n'avait pas rouvert les yeux. Un gros pansement blanc faisait le tour de sa tête et des ecchymoses d'un bleu violacé marquaient une de ses joues jusqu'à l'œil. Ses bras posés sur la couverture étaient couverts de pansements et le droit était caché sous un plâtre à la suite d'une fracture. Sa jambe droite aussi était cassée et elle reposait en traction, plus haut que le lit afin que le sang y circule bien. Will ne s'habituait pas à cette vision terrible de son père.

En quittant l'hôpital, Will et sa mère arrivèrent face à face avec Brigitte. Elle sourit au garçon. Il lui adressa un petit bonjour bien faible, avant de continuer son chemin avec sa mère qui était devenue blanche comme un drap.

* * *

Guy et Pierre faisaient des longueurs de piscine côte à côte depuis un bon moment. Ils firent une pause, le temps de se lancer le défi d'atteindre le premier l'autre extrémité du grand bassin. Guy prit plus de temps qu'il ne l'aurait fallu afin que Pierre gagne la course.

— P'pa, commença Pierre quand ils furent de l'autre côté, tu m'as laissé gagner!

— Non! Euh… tu nages vite, tu sais.

— Ben toi aussi, pis t'es plus grand, ça fait que t'aurais dû arriver avant moi. Mais là, t'as tellement pris ton temps que c'était évident que tu voulais pas gagner.

— O.K., dit Guy en souriant. Mettons que j'ai été un peu lent.

— On recommence! lança Pierre. Pis là, tu te défonces! Je suis pas un bébé!

— O.K. Tu veux te faire clancher, tu vas être servi! lança Guy en tournant sur lui-même pour se remettre à nager aussitôt.

Une fois de l'autre côté du bassin, il en toucha le bord bien avant que Pierre ne l'atteigne. Son fils le regarda en souriant.

– Bon! Là, tu ressembles à mon père! Tantôt, t'avais l'air de nager comme un débutant! On en refait une? ajouta-t-il en se mettant en position de crawl.

En revenant à la maison un peu plus tard, Guy offrit à Pierre d'arrêter à la crémerie pour déguster une friandise glacée. Pierre accepta avec plaisir. Il adorait les *banana splits*!

– Tu sais, p'pa, fit Pierre en enfonçant sa cuillère dans la crème glacée, je suis super content de jouer dans le AAA… Ça, tu le sais. Mais je pensais pas que le calibre était aussi fort. Y a de la pression. Ça me fait pas vraiment peur… Il faut juste que je me donne encore plus.

Il soupira et reprit :

– Mais…

– Mais? répéta Guy.

— Ben, je sais pas. J'ai un drôle de *feeling*. C'est Joey St-Pierre. Il joue bien, c'est sûr, mais il est pas vraiment cool avec les gars. Avec moi, jusqu'à présent c'est correct, mais on dirait qu'il est pas capable d'avoir du fun. Quand les gars font des *jokes*… Tu connais Dic pis les autres, ben quand ils déconnent, on dirait que ça agace Joey, pis il se gêne pas pour le leur faire sentir.

— Lui en as-tu parlé?

— Non, pas encore. Je sais pas si je dois le faire. D'un autre côté, il est mon assistant pis il faut qu'il soit correct avec les gars.

— Je pense que tu vas devoir réagir s'il continue et que tu sens que ça mine l'équipe. C'est aussi ça, le rôle de capitaine, Pierre. Tu fais ton bout et si tu y arrives pas, alors il faut que tu en parles au coach. Mais peut-être que juste une bonne discussion avec Joey va suffire et que tu n'auras pas à mêler Félix à ça. C'est toujours mieux d'essayer de régler les choses entre coéquipiers avant d'aller plus loin.

— Ouais! C'est sûr. Ben... je vais attendre encore un peu pis je vais voir comment il va être en fin de semaine à Saguenay. Je pense que ça va être un super bon test. En plus de voyager ensemble, on va dormir à l'hôtel et on va prendre tous les repas en équipe.

— Tu as raison. C'est une occasion en or. Tu sais, Pierre, continua Guy en posant une main sur son épaule, je suis vraiment fier de toi. Tu es un garçon intelligent et mature.

— Merci p'pa! fit son fils avec un peu d'émotion. Je suis fier de toi, moi aussi, ajouta-t-il avant d'avaler une grosse bouchée de crème glacée couverte de fondant au chocolat.

* * *

Le lendemain, à la récréation, Suzie se retrouva dans la cour avec ses amies. Maude les suivait mais elle s'arrêta un moment pour parler à Anaïs et Alexann.

— Vous savez quoi? demanda Maude quand elle rejoignit Suzie, Malorie et Véronique.

— Non, firent les autres simultanément.

— Ben, je sais pas si je dois être contente ou pas… C'est biz, cette affaire-là…

— Ben parle! lança Suzie, curieuse.

— La mère de mademoiselle Rose est morte, reprit Maude. Avant-hier. C'est Anaïs qui vient de me le dire.

— Avant-hier, répéta Suzie, attristée. Pauvre mademoiselle Rose…

— Ça veut dire qu'elle va revenir à l'école bientôt, déduisit Malorie. Je… je suis pas contente pour sa mère, mais je suis contente que mademoiselle Rose revienne.

— En plus, reprit Maude, la remplaçante est plutôt ennuyante.

— Elle bouge pas, dit Véronique. On dirait qu'elle est figée… même sa face…

— C'est sûr qu'à côté de toi, elle a l'air figée, se moqua Maude.

— Ben en tout cas, moi, j'ai l'air en vie ! rétorqua Véronique, un peu sur la défensive.

— Ouais, fit Malorie. Moi, je préfère voir Véro bouger que voir la remplaçante figée !

— Entre les deux, c'est pas mal non plus, reprit Maude.

— On devrait peut-être aller au salon funéraire, proposa Suzie. Je pourrais demander à ma mère de nous accompagner. Me semble que ce serait moins gênant que d'arriver là toutes seules.

— De toute façon, dit Maude, faudrait sûrement y aller en voiture.

— Ben moi, ça me tente pas, dit Malorie. C'est ben trop épeurant, les salons funéraires.

— Qu'est-ce qu'il y a d'épeurant là-dedans ? s'étonna Maude.

— Ben… les morts ! répondit Malorie en frissonnant.

— Les morts sont épeurants ! répéta Maude avant de soupirer. Les morts, Malou, ils peuvent pas être épeurants… Ils sont morts !

— Ben c'est pour ça qu'ils sont épeurants !

— Y a rien à faire avec elle ! Malou, t'es sûrement la fille la plus peureuse en ville !

— Ben j'ai d'autres qualités…

— Ben oui ! T'as plein de qualités ! déclara Maude. Pis la principale, c'est d'être vraiment drôle à voir quand t'as peur !

— Arrête donc !

— Pis, les filles, on y va au salon ou pas ? réitéra Suzie.

— Je pense que ça ferait plaisir à mademoiselle Rose, dit Véronique. Elle a été tellement cool avec nous autres l'année passée.

— Ben on y va ce soir, d'abord, dit Maude. Après souper.

— Faut regarder dans le journal pour savoir quand ça va se passer, dit Suzie. Je vais vérifier chez nous en arrivant de l'école pis je vous appelle.

— Oh! Vous autres! lança Malorie, l'air déstabilisé. Vous m'en faites faire, des affaires!!!

— T'es pas obligée de venir si t'as vraiment peur, dit Suzie.

— Ben non! Avec vous autres, ça devrait être pas si mal.

Les filles se retrouvèrent devant la résidence funéraire un peu après dix-neuf heures. Maroussia gara sa voiture et les rejoignit sur le parvis de l'édifice.

— Vous êtes certaines que vous voulez entrer? demanda Malorie en espérant que ses amies changent d'idée.

— Ben là! fit Maude. On est rendues.

— Ça fera plaisir à votre enseignante, dit Maroussia à Malorie.

— On entre! fit Suzie en leur emboîtant le pas.

Une fois à l'intérieur, Suzie avança aux côtés de sa mère, suivie de Maude, Véronique et… Malorie. Celle-ci passa devant la première salle et vit le cercueil. Elle détourna aussitôt le regard. Elles passèrent devant une deuxième salle. Ce n'est qu'à la troisième qu'elles virent le nom de la mère de mademoiselle Rose. Elles s'arrêtèrent un moment devant l'entrée, cherchant mademoiselle Rose du regard.

C'est elle qui les vit en premier. Elle se dirigea vers elles en leur souriant. Maude lui rendit son sourire mais pendant un moment, elle se retint pour ne pas rire. Toujours aussi originale, mademoiselle Rose portait une perruque noire très courte alors que d'énormes boucles d'oreilles argent et noires pendaient de ses lobes. Sa robe noire était bordée d'un gros frison rouge vif, du même rouge que ses chaussures à talons hauts.

— Les filles! fit-elle en faisant une accolade à chacune d'elles. Vous êtes tellement gentilles d'être venues. Merci à vous aussi, madame Lambert.

— Désolée pour votre mère, dit Maroussia.

— On voulait vous offrir nos sympathies, dit Suzie, un peu intimidée.

— Vous êtres trop fines! Vous voulez voir ma maman? proposa l'enseignante aux filles.

Véronique hésita un moment avant de faire quelques pas vers l'avant.

— Ben oui! fit Maude en poussant un peu Malorie qui tardait à avancer.

Les filles la suivirent pendant que Maroussia restait un peu à l'écart. Malorie retint son souffle en approchant du cercueil. Elle demeura derrière Maude, regardant n'importe où sauf en direction de la morte.

— Elle ne souffre plus, dit mademoiselle Rose d'une voix émue. C'était une bonne maman.

— Vous allez revenir à l'école bientôt? s'enquit Maude.

— La semaine prochaine ou la suivante. Il y a beaucoup de choses à régler.

— Bon! fit Véronique en sautillant sur place alors qu'une dame s'approchait de mademoiselle Rose pour lui offrir ses condoléances. On va y aller, nous autres, hein les filles?

— Oui, répondit aussitôt Malorie.

— O.K., ajouta Maude en donnant un coup de coude à Véronique. Arrête de sautiller… T'es pas dans une salle de danse !

— Oh ! toi ! fit Véronique.

— Il faut que j'aille à la toilette, dit Malorie alors qu'elles quittaient la salle.

— Vas-y, dit Maude, on va t'attendre.

— Non… pas toute seule. Vous avez pas envie, vous autres ?

— Non ! fit Maude d'un air découragé. T'as quand même pas peur d'aller à la toilette toute seule !

— Ben oui, pis !? C'est pas de ma faute ! Je vous l'ai dit que ça me fait peur, les salons funéraires !

— Bon ! Venez, les filles ! fit Maude. On va escorter Malou à la toilette !

— Je vais vous attendre à l'entrée, dit Maroussia en s'éloignant déjà.

Alors que Malorie était à la toilette, les filles se lancèrent un regard complice, planifiant un coup pendable, silencieusement en peu de gestes. Suzie et Véronique entrèrent dans le cabinet de chaque côté de celui qu'occupait Malorie. Elles montèrent sur les cuvettes et s'accrochèrent à la paroi pour passer leur tête par-dessus et lancer des «houuuuuuu» stridents. La pauvre Malorie se mit à crier en bondissant sur ses pieds. Elle prit à peine le temps de remonter son pantalon et sortit en trombe du cabinet. Maude, qui l'attendait derrière la porte, fit «Bouuuuuuuuu» à son tour. Malorie sortit de la pièce en courant, se précipitant vers l'entrée de l'édifice où Maroussia les attendait.

— Qu'est-ce qui se passe? demanda celle-ci quand les filles la rejoignirent.

— Je pense qu'il y avait des fantômes dans la salle de toilettes, s'esclaffa Maude.

— C'est leur faute! dit Malorie qui tremblait encore. Elles m'ont fait la peur de ma vie!

— Oh! Les filles! C'est pas gentil de faire peur à Malou comme ça.

— C'était pas si terrible que ça, dit Véronique.

— C'est pas vrai! Vous êtes méchantes! lança Malorie, la mine triste, aux filles.

— Ben... je pensais pas que t'aurais aussi peur que ça, dit Suzie.

— Ben t'aurais dû le savoir!

— Excuse-nous, Malou...

— ... mais c'était quand même drôle de te voir! lança Maude en poussant la porte de l'édifice.

CHACUN SON CHEMIN

Le groupe du AAA était attablé quand Alex s'approcha de la table dans son fauteuil roulant.

— Alex! s'écria Dic alors que celui-ci avançait son fauteuil au bout de la table. Tu te cachais où depuis que l'école est commencée?

— Je mangeais dans une classe, fit Alex d'un air maussade.

Il posa son sac à lunch sur la table et en sortit un sandwich.

— Pourquoi? s'enquit Pierre.

— Parce que c'est pas évident de se déplacer avec ça! déclara Alex en montrant son fauteuil du doigt. Y a du trafic ici! C'est l'enfer! Ça fait que je m'arrange pour réduire mes déplacements.

— Pis avec ta marchette, ça fait pas? demanda Dic.

— Eille! Penses-y un peu, Dic! J'arriverais dans le milieu des cours!

— Prends-le pas comme ça, reprit Dic. Je posais la question… juste comme ça.

— Me semble que c'est évident!

— T'as mangé quoi pour déjeuner, coudonc? dit Brain. De la vache enragée?

— Je voudrais ben vous voir à ma place! C'est facile pour vous autres!

— Je veux ben croire que c'est pas évident pour toi, dit Pierre, mais c'est pas notre faute, Alex. T'as pas l'habitude d'être… d'être…

— D'être quoi? fit Alex.

— D'être désagréable! lança Victoria.

— C'est vrai, Alex, dit Denis. T'es pas de même d'habitude…

— Bon! O.K., les gars! C'est vrai que d'habitude je me la ferme, mais là, je suis écœuré. J'ai hâte de marcher comme tout le monde pis de monter les escaliers.

— Ça va venir, reprit Denis. T'es déjà pas mal mieux que t'étais.

— J'espère! Ça fait huit mois que je végète dans ce fauteuil-là.

— Bon! Les gars, moi, je vais prendre l'air! lança Victoria.

— Je te suis, dit Vincent.

Les deux coéquipiers se levèrent en même temps et se dirigèrent vers une des sorties de l'édifice.

— Non, mais j'en pouvais plus, dit Victoria en ouvrant la porte. Qu'il reste dans son coin s'il est pas capable de vivre avec le monde!

— C'est quand même pas drôle ce qui lui est arrivé… soupira Vincent en la suivant.

* * *

— C'est comment, Études et langues? demanda Pierre à Alex pour changer de sujet.

— Bof! Pas mal, fit Alex. C'était pas mon premier choix, c'est sûr, ça fait que ça peut pas être hyper cool. Quand je passe pas loin de la patinoire, je capote.

— J'ai entendu le mot patinoire, dit Joey qui arrivait. C'est le temps d'y aller, les gars. On va être juste…

— On y va, dit Pierre. Désolé, Alex, on a de la glace après-midi.

— T'es sûrement pas désolé d'avoir de la glace! fit amèrement Alex en les regardant partir les uns après les autres.

Dans le vestiaire quelques minutes plus tard, les hockeyeurs s'affairèrent à se préparer. L'ambiance était plutôt calme et avait même quelque chose d'un peu lourd.

— Il file vraiment pas, Alex, lança Dic pour briser le silence. Je l'ai jamais vu de même…

— Ça arrive à tout le monde, des mauvaises journées, dit Pierre.

— Il a pas l'air dans une mauvaise journée, dit Brain. Il a l'air dans une mauvaise passe.

– Il avait tellement pas imaginé son retour à l'école comme ça, dit Denis. Il a pensé tout l'été qu'il pourrait patiner cet automne.

– Il rêvait en couleurs! fit Joey. Faut être réaliste, quand même!

– T'en as jamais eu des rêves, toi? fit Denis.

– J'en ai. Mais ils sont réalisables.

– C'est quoi tes rêves? demanda Pierre.

– Jouer au hockey toute ma vie! Ben, tant que je pourrai. Pis pas dans une ligue de garage!

– C'est un beau rêve, dit Pierre. Moi aussi, je rêve à ça.

– Je sais, reprit Joey. C'est pour ça qu'il y a de la compétition entre toi pis moi!

— Je veux pas de compétition, dit Pierre calmement. On joue dans la même équipe.

— Ben d'abord, toi aussi, tu rêves en couleurs! lança Joey en finissant de s'habiller.

ESTACADES
Trois-Rivières

JOEY ST-PIERRE

Taille : 163 cm (5 pi 4 po)
Position : centre
Numéro de chandail : 07

Sa rapidité, son agilité et l'excellence de son jeu n'ont d'égal que sa difficulté à accepter la défaite. Sur la patinoire, Joey est une vraie bombe. D'ailleurs, il est préférable de ne pas le contrarier, car il a la mèche courte… et il risquerait d'exploser!

Sa devise ? Toujours être meilleur que le meilleur!

Pee-wee AAA

LES ESTACADES
AAA

Joey
St-Pierre   7

En sautant sur la glace un peu plus tard, Pierre se dit que la fin de semaine à Saguenay n'arriverait sans doute pas à changer sa perception de Joey et qu'il faudrait qu'il discute avec lui. Il n'aimait vraiment pas l'attitude de son coéquipier.

* * *

Le même soir, après souper, plusieurs joueurs des Estacades se retrouvèrent au parc. Will était là également. Victoria se joignit à eux avec Gabrielle.

— Je suis allé à l'hôpital après l'école, disait Will d'une voix triste marquée d'inquiétude. Mon père nous regarde, et des fois on dirait qu'il veut dire quelque chose, mais il dit rien, finalement, pis il referme les yeux. Le doc dit de pas trop s'inquiéter et que mon père est bien suivi par le personnel de l'hôpital. Mais moi… je suis pas sûr qu'il va nous reconnaître un jour.

— Ouais! C'est pas terrible, ça! fit Dic, compatissant.

— Mais ma mère, elle, elle dit qu'elle est sûre qu'il va s'en remettre, reprit le garçon avec une lueur d'espoir dans le regard.

— Essaie de penser comme elle, lui conseilla Pierre. Me semble que c'est plus positif.

— Pis comment tu trouves ça, Musique et études? demanda Brain pour faire diversion.

— C'est cool. J'aime ça. Quand on arrive dans le secteur musique, c'est vraiment *hot*, tous les locaux et tous les instruments. Pis on va préparer un spectacle. Vous allez pouvoir y assister parce que ça va se faire dans l'auditorium de l'école.

— Oh! Une p'tite chauve-souris sommeille en lui, dit Brain en rigolant.

— Yeurk! Pas une chauve-souris, dit Vincent. Ça pogne dans les cheveux, ces bibittes-là!

— C'est pas vrai, ça, dit Brain. Y a plein de croyances au sujet de la chauve-souris qui sont pas vraies.

— En tout cas, reprit Vincent, c'est laid quand même!

— Pour ça, je suis d'accord avec toi, dit Brain.

— Pis vous autres, les gars? s'informa Will.

— Je vais bien, répondit Victoria du tac au tac en souriant.

— Je voulais pas te mettre de côté, dit Will en lui rendant son sourire.

— C'est pour ça que je t'ai répondu!

— On s'en va à Saguenay en fin de semaine, dit Pierre, les yeux brillants.

— Buffet chinois! lança Dic en rigolant.

— Chambre d'hôtel ! ajouta Denis.

— Moi, je vais coucher chez ma marraine, précisa Victoria. Mais je vais pouvoir rester avec l'équipe jusqu'au couvre-feu.

— C'est vrai, toi, tu viens de là, dit Will.

— Ouais ! Ma famille va prendre pour notre équipe… contre sa ville ! dit-elle d'un air amusé.

— Ça va être biz pour eux autres, là là ! fit Brain en essayant d'imiter l'accent saguenéen.

— Tu l'as pas pantoute, le «là là» ! rigola Victoria. Va falloir que je te donne des cours !

— Pis toi, Mouf, reprit Will, comment ça va avec monsieur Lamarre ?

— C'est mon idole ! lança Mouf sérieusement, pendant que les autres éclataient de rire.

— Ça fait spécial quand même, reprit Will d'un air pensif. L'an dernier on jouait tous dans la même équipe. Pis depuis ce temps-là, Alex a eu son accident, il est rendu en langues... pis il a pas l'air heureux... Pis moi, mes parents se sont séparés et mon père a eu un accident lui aussi, et je suis rendu en musique... pis toi Mouf t'as changé d'équipe.

— Ouais, fit son ami sans enthousiasme.

— Bon! Ben moi, les gars, commença Pierre, je retourne chez moi. J'ai un devoir de maths à faire.

— Y est tombé sur la tête! fit Mouf. Depuis quand tu lâches tes chums pour les maths!?

— Depuis que je veux avoir une note qui a de l'allure pour pas passer du temps sur le banc.

— J'y vais aussi, dit Denis en suivant Pierre qui avait fait quelques pas déjà. Attends-moi!

À l'autre bout du parc, Suzie et Malorie discutaient également.

— On dirait qu'on voit de moins en moins Maude, dit Suzie en cessant de se balancer.

— Le soccer lui prend pas mal de temps. Pis moi je recommence le *cheer* en fin de semaine, ça fait que tu vas être toute seule des fois.

— Ouais… Pis j'ai pas encore décidé de ce que je veux faire. Peut-être des cours de danse. Y a les cours d'art dramatique qui me tentent aussi. La pièce de théâtre m'a donné le goût de jouer. Mais je sais pas. C'est biz, hein, mais j'avais jamais pensé que je lâcherais le *cheer*. Comme si je me disais que je ferais ça toute ma vie.

— Ben moi, j'avais jamais pensé que Maude et toi vous lâcheriez!

— Tu vois, Maude est rendue en soccer pis elle adore ça. Ça fait que je me dis que je vais bien trouver quelque chose que je vais aimer, moi aussi. On a eu du fun, quand même, toutes les trois au *cheer*! dit Suzie d'un air pensif.

— Mets-en!

— Pis y a eu des choses plus poches. Quand on s'est chicanées à cause de No Name. D'ailleurs, il est avec les gars là-bas, ajouta-t-elle en regardant en direction des hockeyeurs.

— Ouais! fit Malorie. Quand je pense qu'on s'est chicanées à cause de lui!

— On s'est presque chicanées aussi en sortant du salon funéraire.

— Fais-moi pas penser à ça! J'en ai presque pas dormi de la nuit. Je voyais la mère de mademoiselle Rose partout dans ma chambre!

— T'as dû capoter, oui! fit Suzie en souriant. Ça va être le fun quand elle va revenir à l'école, mademoiselle Rose.

— C'est sûr. Pis toi et moi, ben, on va toujours être ensemble, hein?

— Ben oui, fit Suzie.

Pierre et Denis, qui atteignaient le trottoir, continuaient leur discussion en marchant.

— C'est vrai que c'est ordinaire d'aller étudier quand y fait beau comme ça, dit Pierre.

— Joey doit sûrement le faire! Il veut tellement être le meilleur dans tout!

— Tu trouves ça, toi aussi?

— C'est évident… Pis c'est énervant!

— On va voir aller, dit Pierre. En fin de semaine, ça va être un bon test.

— Ouais, c'est vrai. Mais je sens qu'on va avoir des conflits dans cette équipe-là dans pas long.

— Y a pas juste avec Joey qu'on a un problème, je pense. T'as remarqué l'attitude de Geoffrey envers Vic?

— Oui. Il lui parle même pas! Ou plutôt, il parle dans son dos.

— Ouais! Ça non plus, c'est pas correct.

— Mais Vic a pas l'air de s'en faire avec ça, dit Denis.

— Parce qu'elle est capable d'en prendre pis de se défendre. Mais si Geoffrey continue, je sens que ça va mal tourner. Va falloir garder l'œil ouvert, Denis! L'année vient juste de commencer, pis déjà on sent que ça risque de chauffer dans l'équipe...

— Ouais! Je pense comme toi.

FIN

Suivez-nous sur le Web

Consultez nos sites Internet et inscrivez-vous à l'infolettre pour rester informé en tout temps de nos publications et de nos concours en ligne. Et croisez aussi vos auteurs préférés et notre équipe sur nos blogues!

EDITIONS-PETITHOMME.COM
EDITIONS-HOMME.COM
EDITIONS-JOUR.COM
EDITIONS-LAGRIFFE.COM

REJETE
DISCARD

Achevé d'imprimer au Canada
sur papier Enviro 100% recyclé